# 2007
# 中国最佳诗歌

主　　编　王　蒙
分卷主编　宗仁发

辽宁人民出版社

**图书在版编目（CIP）数据**

2007 中国最佳诗歌/宗仁发编 . —沈阳：
辽宁人民出版社，2017. 7 （2024.1重印）
（太阳鸟文学年选／王蒙主编）
ISBN 978 – 7 – 205 – 08930 – 6

Ⅰ . ①2… Ⅱ . ①宗… Ⅲ . ①诗集 – 中国 – 当代
Ⅳ . ①I227

中国版本图书馆 CIP 数据核字（2017）第 017079 号

出版发行：辽宁人民出版社
　　　　　地址：沈阳市和平区十一纬路 25 号　邮编：110003
　　　　　电话：024 – 23284321 （邮 购）　　024 – 23284324 （发行部）
　　　　　传真：024 – 23284191 （发行部）　　024 – 23284304 （办公室）
　　　　　http：//www. lnpph. com. cn
印　　刷：三河市同力彩印有限公司
幅面尺寸：145mm×210mm
印　　张：15
字　　数：154 千字
出版时间：2017 年 7 月第 1 版
印刷时间：2024 年 1 月第 2 次印刷
责任编辑：王丽竹　陶　然
封面设计：小　北
版式设计：孙志武
责任校对：刘再升　吴艳杰
书　　号：ISBN 978 – 7 – 205 – 08930 – 6
定　　价：59. 80 元

# 序：要把岁月的侮辱改造成一曲音乐、一声细语和一个象征

宗仁发

2007 年 11 月 21 日的夜晚是一个再平常不过的夜晚，但它又是一个非同寻常的夜晚。就在这个晚上，我和林建法与王小妮、徐敬亚四个人，坐在海南岛通什（这个地方现在改为五指山市）一家宾馆的露台上看星星，看了几个小时。这是我二十年来也许是三十年来第一次仰望星空。回顾漫长的岁月里，有时间工作，有时间聊天，有时间喝酒，有时间打牌……可什么时候想起来过仰望星空呢？我们所追逐的生活是完全没有诗意的生活，是被异化了的生活，一天又一天，可又有几人警醒过呢？近十年里，许多人的物质生活发生了翻天覆地的变化，拥有了大房子，拥有了好汽车，但我们的心灵怎样，有多少人好好看护过呢？今天我们所处的时代，其精神状况的糟糕和 19 世纪歌德当时的预感颇有相似之处，歌德认为："人类将变得更加聪明，更加机灵，但是并不变得更好、更幸福和更强壮有力。我预见会有这样一天，上帝不再喜欢他的造物，他将不得不再一次毁掉这个世界，让一切从头开始"（卡尔·雅斯贝斯《时代的精神状况》，第 9 页，上海译文出版社，1997 年 1 月第 1 版）。

诗人的经验中往往会包含着对现实的荒诞性的发现和批判，这是人类赋予诗人的天经地义的职责。席勒对诗人和作家的角色曾有过很好的解释，他说"在肉体的意义上，我们应该是我们自己时代的公民（在这种事情上其实我们没有选择），但是在精神的意义上，哲学家和有想象力的作家的特权与责任，恰是摆脱特定民族及特定时代的束缚，成为真正意义上的一切

时代的同代人"(卡尔·雅斯贝斯《时代的精神状况》，第 12 页，上海译文出版社，1997 年 1 月第 1 版)。正是这种要做一切时代的同时代人的意识渗透在诗人的锐利目光中，翟永明在《洋盘货的广告词》中将身边铺天盖地的洋楼盘的广告串联起来，仅仅作为一种顺手的集中，就让人看到了我们的物质生活的构筑里精神内核的空虚和浅薄。居住地的更新意味着家园的转换，可这种转换对于许多人来说，是一种迷失方向的转换，也是一种无根的转换。楼盘的广告词与其说是在诱导，还不如说是人们潜在的低端的愿望的表达。正是在所谓日新月异的巨变中，邰筐通过《一座摩天大厦主要由什么构成》切入到欲望的疯狂滋生出的怪物剖面之中，让生活现象像一出荒诞剧般上演。"一座摩天大厦就像，来自远古的巨神／被疯狂的人类施了魔法／／它所承受的比钢筋、水泥还重的／还有贪婪和无耻，我们无休止的疯狂、挤压"。城市的种种病毒不光是在城市内繁衍，它们还会通过城乡的流动和融合，延伸到广大的乡村。陈衍强的《打工妹回乡》在一连串带有细节的叙述中，呈现了这一令人忧心忡忡的景观。回乡的打工妹是如此这般，仍留在城里的乡下人不过是"浮躁不安的内心／一时无处安放"，"在这个下午的影子／它似乎比我本身／更加真实"（张守刚《真实的影子》）。人类可怕的脚步并未就此停歇，它还要践踏到生态自然领域，"东海子无水／西海子，也无水／麻雀去了新疆／我的乡亲还留在那里／顺着葫芦河向下／那些高高挂起的求雨幡／像一条条受伤的舌头／在七月无力地招展"（谢瑞《虚无的寄托》）。这是人类生存环境恶化的一个真实的局部，也是整体的一个缩影和象征。

在与时代问题对峙的过程中，诗人的内心无疑在承受着巨大的压力和严峻的考验。如果没有一种强大的精神支撑，是无法持久坚守的。找寻某种依赖感，建立起灵魂的框架，其必要性显而易见。那么到哪里去寻找这样难得的资源呢？马克思告诉我们，宗教是这个世界的总的理论，是它的包罗万象的纲领。按照宗教思想家蒂里希的说法，宗教是人的终极关怀。但对于当下的中国诗人而言，过多地谈论宗教和诗歌关系的话题似乎是奢侈的，我们只能在更原始的意义上加以讨论。费尔巴哈说："如果我们把宗教认为只不过是依赖感，只不过是人的感觉或意识：觉得人若没有一个异于人的东西可依赖，就不会存在，并且不可能存在，觉得他的存在不是由于他自己，那么，这句话倒完全是真的。这一个意义之下的宗教，对于人的关系，很像光对于眼，空气对于肺，食品对于胃那样密切。宗教乃是对于我之所以为我的思量和承认"（费尔巴哈《宗教的本质》，第2页，商务印书馆，1999年1月第1版）。由此看来，诗人的目光试图盯住宗教精神也是顺其自然的情形。张子选在《恰逢其时》中描摹的心灵问题解决依赖于宗教意识的借助是颇具代表性的：

在拉萨大昭寺门前广场上

那晒黑朝圣者面容也晒暖了六字真言的阳光啊

也一定能翻晒到一个人的灵魂

——适逢一朵白云飘过密宗僧舍屋顶上空

我正试图将生死暂放一旁

努力把灵魂这块玻璃擦拭得跟世上最洁净的事物大致相同


在藏北羌塘海拔四千五百米高处

那吹翻众草也吹弯了羚羊犄角的风啊

也一定能吹进一个人的内心

——适逢那曲河上渡过一阵经幡猎猎临风高蹈之声

我正准备先将自身忽略不计

而是把内心这只负重太多的箱子尽量摆放得更加平稳


　　诗人并不是身在宗教之中，在皈依的状态里完成这一洗礼的过程，而是"恰逢其时"的与宗教氛围巧遇，并抓住这个时机对灵魂进行擦拭，对内心加以整理。能够从现实中抽身，哪怕仅仅是短暂的瞬间，让心灵获得一次呵护保养的机会，这对于身陷世俗里疲于奔命的人们说来甚为可贵。大解的《忏悔录》将这样的祈望表达得更为直接，"而现在 我必须回头/把命里的杂质剔出来/用刀子 剜出有毒的血肉"，"一点一滴清洗自己/直到土地接纳了我的身体/而天空/舒展开星座/接纳我的灵魂"。无需再加以解释，谁都看得明白，这样的检讨及追问是对着精神世界进行的。在一定的意义上说，某种虚无的降临要远远胜于诸多现实的塞满。也正是在这种心灵空间的腾挪过程中，人才可能走向超越。"信仰使我确信 身体之外/还有一个更高的自我 他已超越了悲欢/正引领着我的生活"。当然，灵魂的洗礼并非那么容易进行，还需要受洗者"在深沉的黑暗里/含着耐心、隐忍和光/穿越边疆"（叶舟《暮色隐忍》）。还可能"为了救赎，我必须病得更深"（谷禾《最终发出的信》）。诗人们这样的一些倾向也许就应了海德格尔所说的，诗便是对神性尺度的采纳，为了人的栖居而对神性尺度的采纳。

现代生活的基本事实是一切社会关系不停的动荡，永远的不确定和骚动不安。这就为人们把握自身以及把握与他人的关系带来了无以穷尽的麻烦。诗歌总是会像嗅到鲜花香气的蜜蜂一样，在人的情感波动区里寻找到那些幻想，那些迷茫，那些悲伤，那些绝望。尤其是女性诗歌在自我体验更为原本、更为复杂的过程中，会不断刷新爱情这一古老而永恒的主题。在对爱情的抽象化表达里，李见心以一首《说出的就不是爱情》既对什么是真正的爱情予以了诠释，也给现实中的爱情判了极刑。"我爱的人/活在我的爱中"，"不沾一丝人的指纹和嘴唇"。爱情在此如果说能看得见，那它就是一枚蝴蝶的化石，但谁也说不出它的来龙去脉。爱情存在于爱情的悖论中。比之这种理性的宏观的极端态度，路也则通过一张《妇科B超报告单》，从微观的层面对女性的"关键部位"进行了"历史"和"地理"的考察分析，将之认定为"n次恋爱的废墟，仿佛圆明园"，"它本是房屋一幢故园一座，去时常感到无家可归"。由女性的生理器官切入，从叙述转换成描写，最后推进到抒情，呈现的基调还是悲观的，笼罩在记忆的阴影中的。年轻诗人杜绿绿在时间的隧道里发挥想象，透过身体的衰老质疑爱情的短暂和脆弱。一个老了的女人既从爱情的焦灼和紧张中获得了解脱，同时也转入了无边的惆怅和失落。"这个时候，我会想，终于自由了/当我老了，谁来爱我/有人再也想不起我的样子/有人想起我/必然若有所失"（《爱我的人》）。时间消解了爱情的记忆，时间平复了曾经的波飞浪涌。在这些写爱情的诗中，人的身体徒具躯壳，情感业已干涸，任何挽救都可能无济于事。如此这般的发现，不可能不导致女性的心理恐惧，她们一只脚迈出了欲望的门槛，而另一只脚仍只能站牢在理性的卫兵身后。曼杰利什塔姆说过："一想到我们的生活不是一个有情节、有英雄的故事，而是一个由忧伤、由玻璃制品、由不停息的到处蔓延的狂热的嘈杂声，以及由彼得堡流感引发的谵妄呓语所构成的传说，就让人毛骨悚然"（马歇尔·伯曼《一切坚固的东西都烟消云散了》，第223—224页，商务印书馆，2003年10月第1版）。当我们看到女性诗歌所赋予情感生活灰暗冷漠的色调时，也会下意识地倒吸一口凉气，再加上唏嘘慨叹。

在一个缺乏诗意的精神贫困的时代里，文学还能否重新介入人类的心灵世界，起到博尔赫斯在《诗艺》中写到的"要把岁月的侮辱改造成/一曲音乐、一声细语和一个象征"的作用，这是衡量文学状况的重要尺度。

海德格尔对于作家和作品之间的关系有一个玄妙的说法，他说："艺术家和作品相比已无足轻重，他差不多像条过道，在创造过程中为了艺术品的诞生而牺牲了自己"（《人，诗意地安居》，第80页，广西师范大学出版社，2002年3月第2版）。针对评论者对诗歌的解释，他同样有一个有趣的比喻："也许任何对这些诗歌的阐释都脱不了是一场钟上的降雪"（海德格尔《荷尔德林诗的阐释》，第244页，商务印书馆，2000年12月第1版）。而且他还进一步告诫说："为诗意创作物的缘故，对诗歌的阐释必然力求使自身成为多余的。任何解释最后的、但也是最艰难的一步乃在于：随着对它的阐释而在诗歌的纯粹显露面前销声匿迹"（海德格尔《荷尔德林诗的阐释》）。这两条法则对写作者和评论者说来都是极致的追求，也是可望不可即的境界。

2007年11月26日

# 目　录

# 想起这一年

**肖 潇**

想起这一年，南方少雨的天气

蒸发掉的那么多，事件，时间与地点

匆匆会合又草草离开的人

站台，晚上九点以后的火车

一直响到天亮

已经过去的这一年，洪水泛滥

我的故乡，水源茂盛的村庄

母亲告诉我，有些稻田被夷为平地

有些人，我再也无法见到，比如奶奶

养了两盆一样的花，浇水

它们还是死了

去了一趟海边，觉得海浪原来也

跟一片平静的湖水

一样心地善良，不愿打搅某些正在

美丽起来的风景

抽烟、喝酒醉了几回

写了几首诗，哭了几次

笑的日子开始多起来

第一次有人跟我说，你应该长成一棵树

不仅仅为了一朵花而沉默

即使你把自己想象成一棵树

断了头的树，你也得把腰杆挺直
想起这一年，更多的事件
我无法用字词一一表达
它们一件一件累在我的心底，期待着我
用一生的时间去抹平我不安宁的内心

**原载《相思湖诗群》2007 年第 4 辑**

# 窗　子

李　冰

窗子向着东南开
最好向着水开


水上有鸟　水上有草
水上没有你的存在
窗户向着我一个人开
你在你的窗子外

**原载《广西文学》2007 年第 7 期**

# 粮　仓

旱　子

夏收的黄土塬上一望无际的粮食

像母亲操劳的皱纹

在风中堆积成多年的温饱的胃

旧年里饥饿的衣服

饮着马莲河满目的沧桑

面对着坚强的粮仓

我感觉到自己饱满的精神

随着一年的时日

悄然生长　撞破雨水

那些历经风雨的孩子

我是多么地想你们和你们所在的土地

就让我在远方的阳光里

种满丰收的喜悦

为新的路程储备干粮

原载《黄河文学》2007 年第 10 期

# 省　略

如果可以，我多想

省略来时的线索和逃离的方向……

省略一生的情节和高潮……

省略身边的色彩、气味、词语和声音……

也省略多余的抒情和叙述……

省略猝不及防的青春、流年和时光……

当我一个人站在河面之上，可以

很轻很轻地，告诉你们——

我的亲人和朋友们，请省略我

像省略　彼岸那些记忆和花草一样……

原载《黄河文学》2007年第10期

# 邻 居

吴英文

今天早晨我与邻居在相距一米远的地方
用点头的方式打招呼
这是我搬到龙山巷 3 号以来
与这位邻居最亲密的一次行为
这位女邻居，看上去很美
也很年轻
至于具体岁数，这是女人的秘密
这个道理很明白
况且我是第一次，与我的邻居
这样亲密地打招呼
住在龙山巷 3 号
我还是头一回
与我的邻居
这样亲密地打招呼
就像头一回
对自己说出了多年的秘密

原载《诗歌杂志》2007 年第 5 辑

# 1979 年 12 月

**唐不遇**

母亲怀我的第七个月。
年轻的母亲
以这种突出的方式
终结了动荡的七十年代，
把我降生在八十年代的春天。

我像一个政治避难者
被母亲转移到
一个较为安全的地方。
母亲像结着坚冰的记忆
被我转移到
一个开始变暖的时间。

**原载《蓝鲨》2007 年创刊号**

# 记住一个人

庞　非

记住一个人的美好，天真
尘埃落定，记住他的沉默
和内心的忧伤

梦里流水，依然清澈
洗尽铅华，花开的声音
我们无缘聆听
天空，还将倒映谁的背影

一个人浓缩为一捧泥土
一棵树苗
他浓缩到最小、最小
像地上的蚂蚁，像补衣的针尖
像一切不为人知的细节

而我的眼睛
从来没有忽略过他的存在

原载《诗歌杂志》2007 年第 5 期

# 站在开满杜鹃花的山坡

边　子

拖拉机会半夜昏迷，油菜花也会
河沟里蝌蚪，躺在晨雾的底层；妇人们
一早蹲在河坎上洗菜、聊天；
他扛着去年干死的枣树，刀口向上翻卷
似未醒来。这一切似未醒来：耕牛
睥睨了一会儿田埂上的草色
喜鹊蹲在枝丫上，欲撕裂鼓胀的嗉囊
小学生们，从木桥上走过
有一大半的人，现在站在了
开满杜鹃花的山坡，脚下的雾霭
像哭声一样从村子的上空消散
而还未逝去的，如同一场，侥幸的昏迷
散落在山坡，河岸，吊脚楼下
也已经招惹了自己的灾祸与罪过。

原载《新汉诗》2007 年总第 5 卷

# 灯 笼

麦 岸

我们看不见白天，星星眨眼睛
就像美好被美好轻轻遮蔽

然而，灯是如何爱上笼的
有时猛烈、暴风；有时微弱、呼吸
从房间到街上，火焰在闪烁

然而，灯是如何爱上笼的
吵闹与隔音，置彼此于死地
多年来，灯笼一直危机四伏
可是，那么多年，纸包住了火

**原载《诗歌杂志》2007 年第 5 期**

# 出租车女司机

成　亮

大约四十多岁的模样

她说她离了婚

她说她离婚是因为他男人有了其他女人

她说他不愿意离婚

但她的态度坚决

她说离婚后她把房子和家产给了那对狗男女

她只带了女儿出来

她说她要等他结婚后再结婚

她怕那女人骗了他

她说她现在要多挣些钱

因为女儿快要上大学了

我下车

她说你慢走

原载《诗选刊》2007 年第 8 期

# 疼痛是这样将我从人群中画出来的

潘　都

疼痛是这样将我从人群中画出来的
先是小腹，然后是胸口
是手
是头
是缓慢地摇动着的满头头发
是我笨拙的动作
被画笔这样按住
并着上火红的色
是谁那么用力
以至于将画笔折断
一截残留在腹中
中箭的兽并不倒地
无人能见
疼痛是这样将我从人群中画出来的
如同某个擦肩而过的男子
也许正在抵达一场孤独的性高潮
孤独的是这样将他从人群中画出来的

原载《新汉诗》2007 年总第 5 卷

# 杯 子

**秦 客**

每日的杯子泡着清茶

有时是一杯足浓的咖啡

这个看上去很古典的瓷杯

如果是景德镇出产的话

那么它看上去很尊贵

事实上它是我从一个小商铺

一个不起眼的角落里找到的

当时店老板说

如果你买那个暖手炉

这个杯子免费送你

我把暖手炉送给了朋友

杯子现在看起来更好看了

青瓷逐渐在我的手里发出了光芒

一道一道蓝色的线描

就像一行行跳跃而出的诗句

**原载《诗选刊》2007 年第 6 期**

# 我要做的事

刘　岳

蓄长胡须。

给枸杞树灌下第一滴水。

在第一根炊烟升起前，

提一袋粮食回来。

做一个健康快乐的人。

把幸福的雨水带给每一个人。

在每一个所到之处，

结识一些明亮的人。

用完最后一个黄昏，

给远方的人写信。

拥抱天空。

像一颗存活了一瞬间的星辰，

烧成灰烬。

原载《黄河文学》2007 年第 6 期

# 小姨妈

洛卜卜

今天晚上这个女人觉得很孤独

今天晚上已经很晚了

四十岁的女人真的被孤独给炸翻了

蚂蚁和蚂蚁的爱人们咬噬着她失鲜的饱满岁月

想起一尾被鱼竿吊坏了眼睛的鱼

突然开始假惺惺地流眼泪

不想洗脸

她也不想睡觉

她的 QQ 上没有一个人

准确地说

没有一个男人的头像在闪耀


她开始裹着裙子逃离

找个宁静的地方

又有艳遇

女人的孤独比所有的风景都有意义

原载《新汉诗》2007 年总第 5 卷

# 平　静

我在水中吮吸到一种甜
淡淡的
如生活的平静
独自走在宽阔的路上
风把鬓角的头发吹起
看初春的田野漫过新绿
又是一个美好的开端

我渴望
未来的日子能继续着杯中的
微甘
让时间静静地流淌
舒展成平静里的淡然

原载《陕北文学》2007 年第 1 期

中国最佳诗歌

# 深深的庭院

简　儿

绿色掩映了庭院，葡萄架

和一场微微的小雨

几个陌生人的喧哗

令我遐想的是那扇年月久远的柴扉

它应该来自乡间，一座简陋的庭院

现在成了城市里可以炫耀的古董

光滑的门栓上还留着一个妇人的温热

我想象着，她喂养了几只鸡雏

追赶着它们走出菜地

她的两个娃娃，躲在院角落

看一群蚂蚁搬运食粮

她必然没有闲心栽种海棠

也不会生出淡淡的哀愁附庸风雅

她坐在井栏边，纳起千层底

安静地等待着田里劳作的丈夫归来

听那柴扉低低地"哎呀"一声

原载《中国诗人》2007年第2卷

# 从　容

一　度

他猫着腰，走在街上，他是个中年男人
藏着一些秘密，那些岁月的草
在胡须里疯长，街心都是人
只有他，一路走，一路有东西掉落
有些是以前不舍得扔弃的
也有些是早该扔弃的
阳光照在有青苔的墙上，看不见光
到处都很阴暗，弥漫着腐败的味道
他的心里也是
乱糟糟的，像没有来得及收拾的旧被窝

原载《诗歌杂志》2007 年第 5 期

# 那些远方的河流

苏华永

那些远方的河流
居然和大地一般缄默
似乎是在等待着一场雨的光顾

那些远方的河流
被藏进秋天的深处
忘记了单薄和大地一样滋长

那些远方的河流
梦想着河床飘升
与大地有一次亲密的接触

那些远方的河流
多么像我远房的亲戚
清贫而又满怀希冀

原载《红豆》2007 年第 3 期

# 我的墓志铭

非飞马

这里埋葬着一个平凡的人
他一生循规蹈矩
却历经坎坷
他是一个标准的好男人
有事业心和责任感
遵守公民道德
不贪污腐化
不吃喝嫖赌
他一生都在为着幸福而拼搏
尽管他一生都默默无闻

原载《诗歌杂志》2007 年第 5 期

# 世界慢下来

杨　麟

世界慢下来，我们也开始慢下来
我们慢慢地成长，慢慢地
吃饭，喝茶。慢慢地生病，恋爱
喘息，唱歌抑或做梦。慢慢地
在人行道上行走。慢慢地撕扯
经年的懦弱，背叛和盲目。
慢慢地说话，让昨天的词语
慢下来，成为今天的成语，
让今天的黑暗慢下来，分裂成
明天的黑白分明，阴晴圆缺。

在四月蓝色的天空中，让燕子
慢下来，慢慢地飞翔。让蚯蚓或者
刚刚苏醒过来的蛇，慢慢地
爬行，拖着自己的影子。
早晨的阳光爬上山坡，让露水
慢慢干涸。让河流，村庄，
大地，树林的队伍慢下来。
让宏伟的暮色慢下来，让女人的
衰老慢下来，让孩子们的童年

慢下来，让风的脚步踏遍整个世界
让春天的每个角落充满明亮和温暖。

原载《星星》2007 年第 1 期

# 四周没有人

侯　珏

## 1. 坠　落

正在冲洗衣服的时候，水突然停了

我用手敲了敲水龙头，骂一声娘

当时四周静悄悄地没有一个人

两滴液体从铁管里冒出来

它非常缓慢地聚集，聚集

然后在我眼皮底下得意地

完成了一次

漂亮的

坠落

## 2. 几只杯子

三楼不算高也不算低

隔壁住着几个单身女

大风吹来的时候

我正伸头向窗外张望

当时四周没有一个人

只有几只杯子在风中飘荡

## 3. 打电话回家

奶奶在春节来临之前去世了
现在是清明节的晚上
我从学校打电话回家
问父亲家里的情况
父亲说，只有母亲和两个姑姑陪他上山扫墓
新的墓碑已经安放好了
叔父们都出去打工，一个都不回来
我的母亲有点耳背，听不到我的声音
因此我和父亲说完，就挂断电话
当时宿舍里没有一个人
我的眼眶情不自禁地湿润

## 4. 亲手拆开一架电风扇

南宁的天气开始变热
陪伴我大学三年的那架电风扇还可以用
只是启动的时间比较长
某个燥热的下午，我决定给它做一次体检


我用螺丝刀把铁丝框、塑料扇、小马达一一拆卸
再测试一下电路板，一切正常
最后一颗螺丝钉归复原位，体检完毕


我高兴地接通电源，把插头插进插板

可是 60 秒过去了，风扇竟然纹丝不动

当时四周没有人，因此没有谁看见我小小的失落

原载《相思湖诗群》2007 年第 4 辑

# 雪下过了

吴　非

雪下过了
下过的雪已经融化
渐渐走失

一个人，来过
并在你的身边待过
说走也就走了

而这些
确确实实，都发生过

原载《诗歌杂志》2007 年第 5 期

# 这么多年我保持沉默

含　笑

许多事物，来来去去
这么多年，我为何越来越

学会沉默。床头的蜡烛
光线剩下最后一截

这个小小的世界
还有谁能够抓得住它的存在

有谁如同我和时间，马不停蹄
这么多年保持沉默

**原载《诗歌杂志》2007 年第 5 期**

# 一个人的玫瑰

黄玲娜

一个人的手僵在空中无人握紧
一个人的话语说出而无人回应
一个人的微笑面对花朵都是凋零

一个人可以做很多的事情
而一个人讲自己的故事没有听众，他只是自言自语
一只杯子自斟自酌，找不到碰撞的疼痛
又有何欢娱可言

捋齐思想边暧昧的乱发，不去左顾右盼
手持一个人的玫瑰仰望天空
街道上太拥挤，哦！我认错了人

原载《黄河文学》2007 年第 10 期

# 牵挂一只羊的方向

**吴松鹤**

是苏武忧郁的眼睛丢失的一只羊
还是石头上岩画里逃逸的一只羊
那是一只没有名字的羊
因为任何羊没有名字

它把叫声写在身上
我嗅到洁白的清香
温暖的一只羊
像一支歌的飞翔
没有名字　没有故乡
但我牵挂一只羊的方向

原载《黄河文学》2007 年第 10 期

# 村 庄

费 城

我坐着或者站着，落叶不期而至
渐渐落满整个冬季
当暮色四合，羊群向西，马蹄滴落
十二月的打谷场，堆满稻秸垛
驮着时间的河水向上缓行

风中的母亲手提马灯
披一件冷冷的霜衣穿过旷野
坚持在一块石头中呼吸
她的前方是落暮下的晚年

平台上的童年被一盏月光照亮
拎着小书包穿过整片失眠的土地
我不知蓄满一冬的泪水
能不能被记忆承担
黎明之前，我抵达一滴露水
一滴露水抵达一个人内心的边疆

原载《黄河文学》2007 年第 10 期

# 接　近

陆辉艳

过去了一列。又过去了一列
铁道上的火车谨慎而心事重重
它们朝向着一个内心的终点站
从你的夜晚准时出发

途经的荒野　路牌站姿端庄
这些眼神迷离的好情人
内心局促，它们需要一些声音
来驱逐暮春的焦虑和疲倦
它们等待着这样一列火车：
满载着眷顾、温存和热切的渴望
在某个时刻呈现身体的废墟
放出一群孤独　又带走一群孤独

而永远无法接近
克制的站台　隐忍着一个季节的速度和距离
有一些东西开始浮起来
尘世中最轻的部分

在规则和秩序的世界里

就这样无限地接近

原载《相思湖诗群》2007 年第 4 辑

# 走在碎玻璃上

## 梅花落

不曾领教一副绝望的嗓子
一个黑色的女人
缠在头盔上。我举起双臂拥抱她绷着的脸
我披着风等她制服我的
一把剑

抵着脚尖的白雪，我接受她的虚弱
裂开的身体和沙

一跃而过。我迷恋呼吸的翱翔，在她眼神里有种死亡
走在碎玻璃上

原载《诗家园》2007 年第 3 期

# 秋　事

王佐红

中秋，在乡下
阳光温暖而又平静
空气中布满收藏的气息
鸟们衔着高翔的口哨
我的恋人
那位叫做青草的姐姐
正肩负着镰刀
走向收割

那些真实的羊群
在秋天的封皮上盛开
像许多往事一样
充满了寓意
我尝试着走近它们
然而
却越离越远

秋天了
果园守着朴素的沉默
果子们按捺着各自的心事
如同怀揣饱满的爱情

这个秋天
我怀揣果实的心事
小心翼翼地走过
早晨　中午　晚上
一路上
相思的心情闪闪烁烁

**原载《黄河文学》2007 年第 10 期**

# 阳　光

王新荣

那一缕阳光

是清晨你的秀发

酥软地吻在我的脸颊

幸福

甜蜜


我喜欢六七点钟阳光的味道

没有一点杂质

一如最初的你我

不因功利刻意地做作


而阳光依旧

当岁月的年轮爬满各自的额头时

是谁

伤害了彼此的心扉

在生活面前

谁也没有错

只是少了共同的话题

各自在自己的天空

学会了远行

**原载《黄河文学》2007 年第 10 期**

# 一次早餐

朱茂瑜

楼道里的脚步由远到近
熟悉也好，陌生也不错
体内的回声随着影子踢踏作响
阳光明媚，"朋友，你好"

早餐油条被撕成几段
在油渍和干腻中，冲些豆浆
习惯在此时想起昨天，想想自己
以及临睡记下的几段文字

裸露的空气开始在阳光里寻找真我
今天包含着过去全部的故事
在第一顿食物中补足一天的营养
用几个关键词开始一次简短的思考

朋友，你匆匆来到我屋檐
思考半卡在树，整个早晨垂头丧气
其实，对于你和今天
我一样有爱，但不用嘴巴说出

对一次完整和崭新思考的渴望

让我的祝福只能化作巨大的沉默

**原载《相思湖诗群》2007 年第 4 辑**

# 我在晚上外出的原因

郑小琼

我出去，不是约会，而是散步
是趁着天黑，走一条
与生活相反的路。
但我不会夜不归宿
不会从叶到根，恨上回家的门
我一个人出去，在外面
只是在一个城市、一座高楼的
阴影里待一会儿。一个不愿让人看见的
墙角站一会儿。看那些
幸福的人，走来走去，走来走去。
然后，我会像一口汽车的尾气
跟着他们，跟上去
也学着他们的样子，走上一阵子。

**原载《中西诗歌》2007 年第 3 期**

# 我只想静静地坐在海边

翟见前

我只想静静地坐在海边
甚至不想听喧哗的涛声
甚至不想看热带的太阳在海面上
铺展着诗一样抒情的阳光
我忘记了海风吹在我身上停在我眉宇
我只想起了我在生活、诗歌、欲望中
怎样疲于奔命
像一枚被波浪掀来掀去的
贝壳，在被抛弃中翻着筋斗
却又被另一个波浪卷回深深的海中

我只想静静地坐在海边
岁月的波浪宛如一把锋利的刻刀
在我苍茫的心上刻画一道道痕迹
有时像贝壳的花纹
闪着诱人的光
有时像船身上斑驳的吃水线
刻满了多少风风浪浪……

原载《海拔》2007年第3辑

# 交谊舞

陈小三

上次是和上官
昨晚与小敏在江滨走
停下来看老头老太跳交谊舞
1234，2234
慢慢，快快
有时笨拙，有时空洞
他们因老了而幸福
我们因年轻而悲伤
他们因老了而牵手
我们因年轻而分开
哦，夏日盛大，人民一身短打
混浊的星空出汗
对岸的火车拉着一车灯火
那青春的行刑队

原载《诗歌月刊》2007 年第 4 期

# 青草坐满了那把长椅

符　力

当时明月在，长椅
也还在。那里留下一对年轻人的身影，还放过
一本诗集
谷雨过后，从条形坐板底下
越长越高的青草
坐满了那一把长椅，坐满了一个人的春天

原载《海拔》2007年第4辑

# 我是怎么想你的

我用左边的心想了你一下
又用右边的心想了你一下
上半夜我用狮子的身体想了你一下
下半夜，我还用老虎的欲望想了你一下

我用心想你的时候
你是心中的国度
我用狮子和老虎想你的时候
你是森林中流出的暴雨

我在暴雨里想你
亲爱的，你是暴雨中的闪电
是狮子口中的牙齿
牙齿咀嚼的水草

亲爱的，你是奔跑的火车
当我用左边的心想了你一下
你是泪水中的火车
当我又用右边的心想了你一下

你是下一分钟，亲爱的

44
中国最佳诗歌
2007

当上半夜，我用狮子的身体想你一下
你是下一分钟的呼吸
亲爱的，下半夜
我再用老虎的欲望想你一下

**原载《星星》2007 年第 10 期**

# 入　夜

范　倍

用一行旧诗点燃肉体，用几滴
墨水制造天堂。风吹过之后
又是一片孤寂的树林
又是无数哭泣的石头

风吹过之后，又垂下了头
书籍挡住发疯的幽灵
时间的流沙却破门而入
多少词语死于富贵和安乐

又垂下了头，大地降下旗帜
肉体在黑暗的水里翻滚
身披塑料布的诗人倾斜肩膀
风吹过了树林纵欲的头发

风吹过之后，天堂冰凉
墨水忍受着白纸无聊的开阔
诗句出奇地翻新，半夜
石头悄悄爬上了脏乱的书桌

原载《终点》2007 年总第 6 期

# 一生之后

**胡银锋**

当日子死去，火焰熄灭
我这一生之后
石头依旧在寒冷的天穹宁静？
哦，看起来一切都没有发生过
太阳被一阵风刮跑连我的衣裙

当白天死去，星星湮没
我这一生之后
灵魂依旧在黑暗的灯芯守候？
哦，一切看起来都没有变动过
夜莺啼叫常常赶跑死亡

**原载《相思湖诗群》2007 年第 4 辑**

# 有什么是将要发生的

田　荔

在这个小房间里
我能听到的
有外面的雨
有汽车呼啸而过
走廊里的鞋跟声
接着是开启门锁声
我没听到自己的心跳
但我想它应该在
发出一种声音
我知道一定有什么是要发生的
我只能静悄悄的等待

原载《海拔》2007 年第 3 辑

# 一个人的车站

就是说
车站里　只有一个人

车站里　其实　有很多人
只是你视而不见
你只想着
你心里的
那个人

那个人　看不见
那个人　没有出现在你眼前
那个人　不可能出现在你眼前
所以　你对现场的每一个人
视而不见

一个人的车站
一个寂寞彷徨的车站
一个挤满了形同虚设的人的车站
一个贩卖灵魂写真的车站
一个没有人的车站

火车载着落日开进车站

火车的喘息声

揪住你的心

揪牢每一个人的心

你默数着　一个个下车的人

陌生的面孔里面

没有你期待的

那个人

原载《鸭绿江》2007 年第 1 期

# 甲　醛

谢湘南

可以肯定，我和甲醛
已经共同生活了一月。
看不见她，她没有可供我
抚摸的外貌，可她出没于
我的房间，这是事实。
我感觉得到，她对我身体的爱好
当我入睡，她便掌握了我的呼吸
我的肺，我牙齿的背部，我的舌根
都被她把玩，我的大脑嗡嗡作响
是梦中的放映机，将我的人生旅程放映。
我侧身，我听到她的唱歌
女妖一样的歌声，女妖一样的魅影
她的吐词，比周杰伦的还含糊
不是希伯来文，也不是古汉语
是一种方言，来自雁字回时……
我猜到歌词大意：
全世界的雾，全世界的水滴
快来与他同居，他需要中毒
需要麻木和淹没，幸福也是毒品
咳嗽让他恋爱，黎明时分
他的面色就会红润

他面色就要红润

可黎明迟迟不来

**原载《作品》2007 年第 3 期**

# 黑夜里的马

罗　钺

在一棵青草上
黑夜为什么这样的黑，就像
你的双瞳，就像我握不住的天空

黑夜中的马
无休止地奔跑，无休止地嘶叫
在飞扬的鬃毛下，风敲打着骨头
每一声嗒嗒的铁蹄
都是偌大的一片牧场

当我突然感到空虚和绝望
黑夜里的马，我就和你一起飞奔
在这五月的夜晚，去天涯
去梦中，去噙满泪水的姑娘的故乡

原载《终点》2007 年总第 6 期

# 为什么我们不是我们自己

吕　历

为什么我们不是我们自己
涤荡冉冉的时光
像一件充血的衣裳
穿戴别人身上

为什么我们音讯杳无
生前死后，像一封
无人拆读的长信
吹散风中

为什么我们总是
躲在迟疑的门后
后悔过去的事情
又惧怕未来的访问

原载《元写作》2007 年第 1 卷

# 问　答

麦　芒

"女人，你的嘴唇很饱满
你能否告诉我，我，一个外乡人
在这里究竟有多大前途?"

——我喜欢她的微笑
一只金色的壁虎

"外乡人，我告诉你，你的前途
早已在书上记载
但你不会很快读到"

——她的微笑喜欢我
但我不打算伤害她的丈夫

原载《钟山》2007 年第 5 期

# 不可能深入一个人的悲伤

### 晴朗李寒

你可以像氧气，深入一个人的肺部

深入他的血液和骨髓

你可以被一个人的快乐感染

像一圈圈涟漪

瞬间就荡漾开来

当然，你可以是一个大夫

打开一个人

从里到外　检查他的病痛所在

但是，你不可能深入一个人的悲伤

不可能从泥沼中

拉出那个慢慢陷下去的人

即使，你感应了

你体会了，理解了他的悲伤

可你也替代不了他

一个男人走在街头

突然停下来痛哭失声

泪水淹没了他的眼睛

春风吹皱了他的面孔

那么多路人从他身边匆匆走过

谁也不知道

他的悲伤来自何处

原载《鸭绿江》2007 年第 8 期

不可能深入一个人的悲伤

# 电话情人

艾 子

我相信用电话更使于交谈

避免我们见面时的仓促、无所适从

我想念电话更易于走漏风声

把一年的心事

像花粉一样

传送

电话是一张绝佳的温床

经过七月的除草

八月的施肥

玫瑰次递开放

蝴蝶漫飞舞

九月秋高气爽

果实悬挂

我想念电话为我们的心灵做了媒证之约

我知道

所谓婚外情的全部热情与浪漫

对于我

仅限于此

原载《海拔》2007 年第 3 辑

# 提前活着

冰 儿

来吧，从我的身体里取走我

从闪电中抽出活力

从火焰里取走空气


即使你不取走

缓慢失水的盐分也会将我吸收

骨骼的内部将变得越来越宽敞

在赤裸的空洞里

我只剩下一个名字


一张发黄的黑白肖像覆盖我的一生

在地球凹陷的任何位置

我无法用我的嘴唇抓住其他嘴唇


青春，无论是爱上死者手上空香水瓶的静寂

还是爱上生者手上的导火线

都会像手指一截一截掉落


需要运送几个世纪月光的针管

才能将"绝望"和"爱"注满剩余的生活

而我,已提前在里面活着

**原载《九龙诗刊》2007 年春卷**

# 悲　伤

白鹤林

整个早晨，一个老妇
在楼下。一直喊某个人的名字
我害怕这种声音，好像
一个人已经睡去，再也不会醒来
或者
根本不住在这里

深深地吸口气
在一张废纸上，我记下
这清晨的、措手不及的悲伤

原载《元写作》2007 年第 1 卷

# 倒　退

许　剑

等热水慢慢变成冷水
等两样坚硬的东西，相互影响
而溶为液体。大概，
只能这样，向你解释我
的厌倦。

不能简单地，把无法把握
的事物，归于哲学。
正如日子，并非总是
平淡如水。傍晚时候，天
开始转黑。这让我稍微感觉安慰。

受厄尔尼诺影响，无端郁闷烦躁
两年前，开始喝酸奶，吃洋葱，作息规律
企图以此改变生活习惯。
而实际情况是，从此变得喋喋不休。

突然想找个朋友，喝点儿酒
或者等一个陌生电话，在午夜响起

有段时间，热衷于纸上涂鸦

在最无所事事的时候，也拒绝与人交流
天气依然炎热，实在没有兴趣看天
是否蓝，云是否白。
执谁的手，与谁偕老？
我所了解的浪漫都是
从电影里学的。
放荡不羁的家伙，不是我。
失眠的时候，了解到自己的循规蹈矩
童年的阴影在于，过早地开始手淫

飞机总是在天上，很多年
没有坐过了。与此类似的还有火车和轮船
人愈近中年，愈像素食动物。活动
半径不断缩小。

那么好吧，我将一直
在这里。拖地，抹桌子，清洗玻璃器皿
但我真的不是个爱干净的人，我的
药剂是给那些与我
相同的人服用的。

**原载《诗歌月刊》2007 年第 4 期**

# 陌生人

君　儿

陌生人　你和我乘同一辆火车

起同一早　去同一个地点

沿途看同一片风景　欣赏

同一排树木　道路　池水和田野

我和你面面相对　但不说话

彼此呼吸着对方的气息

但不用告诉对方各自的隐秘

陌生人　我们在同一个世上做人

流浪　为难填的欲壑奋斗不息

交流的礼貌　理解的徒劳

陌生人　我们一概不再需要

互相肯定或攻讦的俗套

能免的我们全免了

我们目的单纯　工具简单

从甲地到乙地　不过车轮滚滚

弹指一挥间　但是陌生人

我注意到一路上阳光普照

光线弄亮我的鼻尖时也烧着了你的

暗蓝衣裳

原载《诗歌月刊》2007 年第 1 期

# 一个字

**张港帝**

整个下午
对着一个字凝视
直到天色暗转
一个字
不大容易显露它的真相
大多数时候
它就是一座兀立的城堡
我不得其门而入，像 K
围着它转，也测量不出什么
有时候误打误撞
闯进一个字的内部
遭遇它的空旷
像莽莽的草原
有风吹草动
还有一些小动物蹿过脚背
像老鼠啊、蛇啊、蜥蜴啊
是会吓人一跳的
但事实是，我从未走进一个字的内部
它在那里，它的点、它的横、它的撇
都像是树林茂密的枝丫
拦着我前行的路

一个字，在那里
我不知道它是站着、坐着还是躺着？
它的样子有些孤单
从一个字到另一个字的距离
就像星和星的呼应

当然，从字的角度看过来
有一个人坐着
在他的瞳孔里
一个字的身影越来越幽深

原载《海拔》2007年第3辑

# 偷　渡

贾冬阳

嘿，茱迪，
那会儿我们多么年轻
整个下午，
你坐在自行车的横梁上，
我带着你，沿着郊外的
省际公路，
从吉林来到辽宁，
又从辽宁回到吉林。
那是九年前，
一个秋天的下午，
阳光干燥而明亮。
我们像两个愉快的偷渡客
在穿越界碑时，
发出旁若无人的叫声。
秋风吹来你的头发
向相反的方向飘散。
秋风起自田野，
吹向城市。
我们不鄙视城市生活，
也不特别赞美乡村
我们随意穿越边界。

就像你在路边远远等我，
我钻进玉米地
掰上几穗大的，
拔腿就跑。
昨晚，
我们轻易回忆起
多年前的往事，
说得轻松，
凌晨已过，
我却久久没能睡去。

原载《海拔》2007 年第 4 辑

# 爱我的人

**杜绿绿**

当我老了，谁来爱我
老骨头发出断裂声
皮肉耷拉（地心是最好的朋友）。
我的身体健康，牙齿坚固
可是谁，能来爱这张满是斑点的面容
黑的，褐的。我的所有
悲苦，欢乐，深埋其中。
乳房早已被赶出视线
每日的便秘，提醒小腹高高隆起。
当我老了
并不在乎这些。年轻时，我已看穿
容貌和身材的虚伪。
我现在八十岁了
比起从前，脾气坏了许多
"她又烧了一堆书"（邻居们
半夜在墙角议论，心惊肉跳）。
我喜欢在清晨点火盆
让烟草在炭里燃烧
偶尔用干瘪的嘴吸上几口
这个时候，我会想，终于自由了。
当我老了，谁来爱我

有人再也想不起我的样子
有人想起我
必然若有所失
他们会在我的棺材上放鲜花
用双手拂去灰尘
我的脑袋边将有一本小书
写着他们的名字
我的父亲，兄弟，朋友。

原载《作家》2007 年第 7 期

# 慢　慢

慢慢是一件事物腐蚀的速度

譬如记忆慢慢被岁月风雨洗刷

你慢慢融入时间的苍茫

像当初

我们慢慢把校园林荫道走成爱情


我们慢慢开始发福

开始无怨无悔

从疾跑到慢跑到慢慢地散步

是一个慢慢松懈的过程

现在我们的眼睛还会为美发亮为丑愤怒吗

慢慢习惯淡如菊花的生活

习惯没有理想的日子

饮茶、聊天、看报、打麻将……

原载《红豆》2007年第5期

# 旧名字

羽微微

我用的
还是旧名字。你看它，日显沧桑
幸好音韵尚如往昔
你若缓慢默念
当忆起，我那时，秀发齐肩
略带惊惶

原载《人民文学》2007 年第 11 期

# 群山静穆在我的心里

许雪萍

当草对着那个已经不在世上的人
说出柔软的话
当风朝着那对正在落下的翅膀
大喊加油
当飞鸟和种子把一头失踪的野豹
带回到这颗孱弱的心灵
我在孤独中听出了
你给我的那一首无法破译的歌
我知道我……不会放弃了
就算山楂树开着开着，结成了
玫红而酸涩的果实
就算整个一生就是这样

——我不会放弃了

原载《红豆》2007 年第 4 期

# 回　望

三米深

北风吹过

我悄然路过村庄

我走的太快

还来不及感知

我只听见

那荒芜的老房子

散发着空旷

我走在夕光中

渐渐暗淡

像被尘埃渲染

天黑时我竟想起你

又陷入悲伤

情人的手

隔着望断的河岸

秋水是无声的

像那些陌生的言语

不能说只能唱

像露水凋零

从你的面颊滴落

缓慢而又冰凉

原载《诗歌蓝本》2007 年总第 3 期

回
望

# 我想告诉你的

灯 灯

还能是什么呢　柳枝弯下的雨滴
惊飞的燕子
蛰伏在屋檐的春雷
那些
在春天裸露的脸孔

我开始用食指抒情
你看画中的桃花又开了
开得多么热烈
它们从不担心　结不结果实

原载《中国诗人》2007 年第 2 卷

# 比方说

吴银兰

比方说我死了，
我的亲人应该要帮我穿上白色的衣服
白色不是为了代表死亡，白色代表圣洁。
让我干净地来，干净地走。
这世界将少了一个忧郁的人，一个病人。
爱我的人为我哭泣，恨我的人拍手叫好。
对于一个死人来说，爱与恨，都已不重要。

比方说我死了，
美丽的鸽子一定得从我遗体上掠过，
我就可以和平地离开，这是最后的夙愿。
我的最后一滴眼泪会让荒园开出花来，
马蹄声一定要宁静下来，听风声在歌唱。
海浪一定要停止波澜，
听我讲最后一个关于爱情的故事。

比方说我死了，
我不会把身上的各个器官捐献，
我没有这么伟大，我还要留住美。
留住眼睛来看这个没有我存在的世界。
留住耳朵听地下蚯蚓与蚂蚁的脚步声，

留住皮肤感触大地与河流的温度。
留下一颗停止跳动的心脏，感受死。

你们不要担心，我只是，打个比方。

原载《诗歌蓝本》2007 年总第 3 期

# 旷野呼告

旷野
那人在徘徊流浪
一路捡拾乌黑发亮的荆棘

在彷徨的夜啊
那人挤出灼热的精血点燃乌黑的荆棘
点燃灼热的身子

一簇火焰它无法熄灭
浑身的饥饿它无法喂饱
那人以昂贵的面包和精血
日夜喂养
昂贵的火焰和饥饿
喂养不死的身子

神啊，睁大你如炬的眼睛
看看那人
看看这苦难的旷野

原载《红豆》2007 年第 8 期

# 风继续吹

叶丽隽

从群峰中涌出
越潴真岛、过长桥、临湖听水
我想我和风
已互为一体。吴山脚下
叫上一份米酒
这粗陶的器皿，让人喜欢
给自己斟满，当空举起：
"晚来天欲雪，能饮一杯无？"
你是否听见，喉头
滚动一声？你野蛮起来像个土匪
当我喊出"疼"，冷淡已然出现
并非因为此刻，并非因为你
这悲哀早已成型……风继续吹着
嗨，等我喝完这杯。放弃
意味着更大的勇气——
如我今日
不画画，不写诗，不怨恨，也不爱恋
如果我安静下来
如果你安静下来
风会吹送，我们相遇的瞬间

我停留在那里，很轻
失去了任何形式

**原载《诗歌月刊》2007 年第 3 期**

# 不再去的地方

宇　向

真的是冬天。变了天
塑料袋在空中，无辜的破容颜
楼上人家的圆扇
落得比一片叶子还自然
还有人在爱么？在这无常的天气里
在绝望与羞耻间做爱

一个袋子　挣破了
一柄旧扇　坠落着
远离层层天堂
冲出暖气的房间
我过冬的袄　咫尺天涯
我不再去的地方
你想到了死亡

原载《诗歌月刊》2007 年第 3 期

# 我 的

贾 薇

儿子长大了
他不属于我
爱人成熟了
他不属于我
房子我住着
但不属于我

头发是我的
但慢慢越来越少了
眼睛是我的
但慢慢看不清东西了
手脚是我的
但慢慢变得不灵活了
子宫是我的
但慢慢变得没用处了
性欲是我的
但慢慢和我没关系了
思想是我的
但慢慢变得不明白了

属于我的就是这样

慢慢都唤醒了我
慢慢都盛开了我
慢慢都滋润了我
慢慢都枯萎了我
慢慢都伤害了我
慢慢都远离了我

我的
但没有属于过我的
可能的一生

**原载《诗歌月刊》2007 年第 3 期**

# 二道白河镇

张慧谋

人像走进一块画布里
是一幅半成品的油画，只有黑白色调。

积雪高高低低
房子错落，灰墙黑瓦。
房顶的积雪比瓦片厚出许多
几户人家的屋脊冒着袅袅炊烟。
清道工在铲着道路上厚厚的雪泥
整个镇子安静得像童话中的世界
只有木铲铲雪时，那声音
像画家手中的画笔，有节奏地
落在粗糙而有质感的画布上。

落雪没有停止。偶然一阵风过来
夹着雪粒的北风，变得有形而缓慢。
二道白河是一条河，抑或两条？
却无从考究。此刻，河床上
肯定覆盖着厚厚的冰雪。

多么想见到一个人，陌生的人
除了弯腰铲雪泥的清道工

这个早晨，仿佛就是一个人的镇子。
在黑白色调的画布里，只有
涂写在灰墙上"二道白河镇"的字是红色的
它像一篇作文的标题，下面留着
大片空白的雪地。

原载《海拔》2007 年第 4 辑

# 丢人的姐姐

修　远

很少有人知道我还有一个姐姐
许多年了，我一直不愿提起那些
她漂泊于南方的某个城市，四十岁了
仍手持少女的身份证
与一张假文凭。
事实上，她一直与我们保持单向联系
我从来不知她的电话，也竭力不向母亲打听
我一直对外宣称兄弟三人
哥哥在公安局，弟弟
跟我一起在武汉做生意
我就是不愿提起她
提起她，我觉得丢人
我巴不得她离我们很远，越远
我们越放心。
其实，姐姐年轻时，很漂亮
在幼儿园做老师，又在市妇干校进修
她的初恋，是某海军舰队
考入武汉海军工程学院的一个军官
经常往我家里写信，信中
总是抄录李商隐的诗
有一次是王维的。寄来一大包红豆

姐姐把红豆种在灰桶中

红豆发芽，生长，状如刺槐，但会攀援。

在我们看来，父亲一生最大的错

就是几次不给那个军官好脸色看

但父亲死后，姐姐

是唯一跪在地上流泪的人

后来，姐姐去了电器厂，经人作主

很快嫁给乌金罐头厂一个普通工人

没多少文化，跟姐姐一样向无主见

将近一年，姐姐怀有身孕，感染结核

两手空空，被一家老小扫地出门

她在家中养病，成为村人口中的笑柄

背倚大舅与四叔的大门

被拳头打走霉运。

幸好，厂里照顾她去海南跑业务

跟她一起的，都发了财，下了海

只有姐姐，幻想厂里兑现业绩

她离厂了。

跟着就出人意料地

嫁给镇里某厂刚刚离婚的副厂长

一个伪君子，挨过我两嘴巴

结婚不到一月，姐姐只有

打掉小孩，治愈乙肝

婚姻如此短暂，我们眼花缭乱

因此第三次，当她

从南方带回一个小青年

我们再也无颜办酒席，只是作为兄长

悄悄去了一次男方家里

三人说一堆谎，蒙蔽天门那一家人。

1998 年，我在汉阳某药厂打工
有一段时间，与姐姐生活在一起
依赖她供养
而她做的一件事，让我
愤怒地告到母亲那里。
关于姐姐，我也曾对弟弟
说过很丢人的一句话
我一生再也不想拿她一分钱
我一生
再也不想见到她

**原载《新汉诗》2007 年总第 5 卷**

# 橡　树

木知力

我只是在梦中见过橡树

树干是白的

枝叶稀疏

有青年的男女

站在树下

吹口琴

用白的手帕擦对方额头的汗珠

有风吹起她们的裙子

这是我梦中的橡树

我没见过真正的橡树

也许见过

但我并不知道

我爱上了这片林子

它就在我住的地方附近

远离尘嚣

有僻静的小路

如果是在傍晚

那惨白的树皮和偶尔的鸟叫

让人紧张

这让我喜欢

我已经很久没有体会这种紧张

路边的不是橡树
它们的名字叫柠檬桉
它们就是我的橡树

**原载《新汉诗》2007 年总第 5 卷**

# 我们黑压压的

乌　青

我们不是蝗虫
也不是麻雀
但是，想当年啊
我们同样是
黑压压的
我们经常
黑压压地过去
黑压压地回
小孩子看到我们
就会惊声叫道
妈妈，那是什么？
我们不是什么
我们就是黑压压的
一片

原载《诗歌现场》2007 年秋季号

# 酒　后

世　宾

睡着了，那些饮酒作乐的人们
那些借酒消愁的人们，睡着了
他们是诗人、流浪汉、农民工或者官员
他们来自不同阶层，在不同的地方
喝酒。此时，他们全都睡着了
这一刻，他们终于放弃他们在世上
显赫的身份或卑微的出身
他们终于平等地分享了夜的静谧
和酒神许诺给世间的所有财富
逃犯停止了亡命天涯的脚步
寡妇咽下了嘴角的泪滴，梦中
她有了新欢；农民兄弟的水稻又熟了
盗贼坐地分赃；失窃者的财宝
失而复得。啊，就在今夜
无论是优质的，还是劣质的
这杯中之物，为所有人
架起了一座浪漫主义的桥梁
把所有人送回了春和景明的开元盛世
老人不再受到汽车的惊吓
流浪汉在天桥下沉睡，不再受到驱逐
来路不明的财产，有了一个好去处

他们终于可以为所欲为，却不会
伤害他人；他们终于可以
借着酒的翅膀，
悄悄地——飞越这满怀遗憾的人生

原载《石梅湾》2007 年 5 月第 1 辑

# 民 工

吾同树

挖水库的人，在下午的时候
已经懒洋洋，扶着铁锹说说笑笑
我在泥土潮湿的坝顶上，遇到两个
坐着抽烟的男人。他们告诉我
今天夜里，这个水库就能完工了

一大群光着脚丫的民工，或坐或站，聚
在坝底下
做完一件大事之前，他们总要以
这样的歇息，表示喜悦
他们说着家里的庄稼、现在气候该打什么药
说着上学的淘气孩子
说着荤段子，引得妇女们大笑
说着领了这份工资，该去干些什么
他们要到半夜才能挖完全部的土方
而抽烟的男人说："只剩下半夜了！"

**原载《诗刊》2007 年 2 月下半月刊**

# 侠客行

**冷盈袖**

我是很多人。可能是李寻欢
也有可能是楚留香。我喜欢穿蓝袍
踩着琴弦行走。那日春风乍起
但桃花还没有开。有一场雨也许正下在
长安街上
也许没有。我提着一只鸟笼
出没在古城东边。黄土屋，木篱笆，错落的风铃
光是金色的，随风旋转交织。我有些恍惚行人渐走渐无。
月亮升起的时候
我就不再记得自己是谁了。我因此突然快乐起来
如果让我选择一种自己喜欢的活法
我希望是醉生梦死。就像现在这样
没事杀杀人，跳跳舞，喝喝酒
如此而已

原载《诗歌月刊》2007 年第 2 期

# 你是一个具有破坏性的诗人

### 曾德旷

朋友们这样对我说：
你是一个
具有破坏性的诗人
我们喜欢你的诗
但是不敢
对你靠得太近

夜深人静的时候
我这样问自己：
可是我能破坏什么？
除了破坏
自己可怜的身体
和一无是处的生活

人人都被一层
厚厚的甲壳包裹着
想要破坏自己的蛋壳
固然不容易
又怎样去破坏
别人处处设防的铠甲

于是日复一日
我只能带着
自己的破坏性
在这个日益荒凉
日益孤独的世界上
装模作样地活着

原载《诗歌现场》2007 年秋季号

# 下午将尽，天还很亮……

### 温丽姿

下午将尽，天还很亮。
没愿望，但还是决定出去走走。
巷子真静，石榴花探出墙头，
邻居的篱笆爬满了青藤。

而大街挤死了，正下班呢。
穿红衬衫的女人摇摆白裙子，
把夏天当作一生的盛事。
不知从哪飘来肥皂泡的清香。

大叶杨长长的影子，一筐草莓，
熟肉铺亮起了灯，刨冰店忙着摆桌椅。
交叠着远去，那些自行车的剪影。
恍惚间，夜色覆盖了辽阔的平原。

多么奇妙啊！事情会是另一种样子，
倘若你早一点明白：
再长的白天也会慢慢消逝。

原载《新汉诗》2007 年总第 5 卷

# 驻马店

金 轲

驻马店
第一次听说这个地名
我就爱上了它
而我对它一无所知
我敢肯定很多年以前
它是江湖大道上
一间土木结构的客栈
有拴着花围裙的老板娘
款款地迎上来打情骂俏
有店小二把打着响鼻的马
牵进马房　扔一捆谷草
你可以走进去坐下
把宝剑搁在桌子一端
弯一腿踩着板凳一角
筛几碗酒?? 切两斤牛肉
可是　我的驻马店
你什么时候有了政府
你什么时候长成一座
钢筋混凝土的城市的呢
你从什么时候开始
需要警察来维持

再也不允许在墙上
涂抹伟大的诗歌的呢
而我的驻马店
你经历了多少践踏
你经历了多少重塑
才脱了胎换了骨
而我的驻马店
早已没了马
再也没了侠客
顶着熹微的晨光
踏上征途

**原载《诗歌现场》2007 年秋季号**

# 这一天，我来到北京

焱　冰

这一天，我来到北京
一想到这是祖国的心脏
我的心脏也难免有些紧张

我试图深入到她的内心
我试图在我的内心里
保持一种亲切感

这是一座巨大的迷宫
一张 2006 版的彩色地图
根本无法将她覆盖

在她寂静的内心
也根本没有人居住
只有周瑟瑟和海啸
在大声谈论

我循着声音而去
我脚步规矩
可怎么也找不到入口

我走在混浊的大街上
在我的身边同时出现了
疯子、教授、官员和小偷
四通八达的高架桥
让我彻底
迷失了所有的方向

直到黄昏六点，我还一个人
在和平里北街里闲逛
我神志清醒
我的嘴里嚼着绿箭牌口香糖

**原载《新汉诗》2007 年总第 5 卷**

# 告诉你

李小洛

告诉你，我不快乐
很多年前就开始了
我有少年的忧郁
童年的孤独
娘胎里的孤僻
我从小就是个不够健康的病孩子
我不是一棵君子兰
不能长在你家的花盆里
放在客厅里
人来人往的世界里
我只是一朵野菊花
一朵九月的菊花
药铺里的一味
可以清肺的中草药

原载《诗刊》2007 年 9 月下半月刊

# 你

盛　艳

有一种不确切的鸟滑向山坡。
他们戴着金黄的手套，背着轻瘦的女孩。

然后，涌过了山的那一边，
他们把亮闪闪的时间推到山谷去了。

有时，试着用高跟鞋思考，把长发用绿丝带绑好
他们拿着五彩的荧光，数夕阳，然后用欢呼把星星嚷
出来。

门，一直是开的，从前到后，灌满月光。
有个时候写诗就是水在流，就是我责问你不爱我的声音。

**原载《新汉诗》2007 年总第 5 卷**

# 无法携带之物

孙慧峰

我们将去旅行，为了摆脱
长久机械的生活。
但是我不能带上你。

我们将把车票当作达到的证明，
在一个小酒店，放下旅行袋。
但我放不下你。

我们要去海上，为了目睹一些海鸟
是如何追逐船只。
但是我无法放飞你。

那些走累的人把自己堆在树下。
我喝着异地的矿泉水，想到每个人都
在离开当中，翻开口袋。
但我的口袋里没有你。

我的口袋基本是空的，里面
只有一小撮隔夜的风声，和摘自你身上的叶子。

这些叶子是证据：肉体无法携带之物，

在这里而又不在这里。

原载《诗刊》2007 年 8 月下半月刊

# 音乐会

**青 蓖**

恐龙蛋壳破裂时，一些火龙果自高空

排成长条队伍降落，先高亢后猝死的维洛尼卡

她死时她的姐妹穿过雨季，在男人怀中散开海藻花

这株多美，有密集的故乡海域香

她在钢琴琴键旁徘徊

就此钻进去？离开舞台最亮的那束灯光？

我属于波兰。她小心地站出来

火车调度员提着皮箱起身

没有人被刺穿耳膜

法国的小烈马高贵多情

他在夜幕降临时买白兰地

耳朵包裹在手帕中

我并不等天亮。他醉在深夜。

原载《新汉诗》2007 年总第 5 卷

# 兄　弟

张玉明

街坊们
都知道他是疯癫的人，
总躲避着他。
白天我的心悬着
上学也不安神，
我总是担心他
哪天捅出什么大乱子。

我从懂事开始，
一直在恐惧中度过。
日月如梭，他慢慢的
变老，性格越来越温顺；
我的脾气却越来越暴躁。
大家知道我们是双胞胎兄弟
始终分不清，他和我。

原载《行吟诗人》2007 年卷

# 脸 红

小 安

我什么也没有做
没有干坏事
也不感到羞耻
我的脸
他红什么呢

原载《特区文学》2007 年第 5 期

# 无　力

徐南鹏

我握住她的手，紧紧地握着
不让自己怀疑。那双干枯的黑漆漆的
手，我握得更用心、更久一点
然后把掏出来的钱给她
其实，我真正想给她的
并不只是钱。然而
对于生活如此贫困的人
没有什么比钱更直接、更重要

原载《诗歌月刊》2007 年第 9 期

# 楼未竣工

辰 水

远方的楼都在远方
近处的楼还未竣工
需要运一些沙子过来
涂料、瓷瓦、油漆也要运来
未竣工的楼有着巨大的胃
建筑民工们大多早已相识
并真实地流露出各自的恶习
在楼里谁都要随地大小便数次
他们身在高处
名声却如粪土
这么高的楼他们谁都想在上面
吆喝几声
几个识字的年轻民工
他们还要赶在竣工前
在楼的死角处偷偷刻下一些名字
"建筑者××，×××……"

原载《广西文学》2007 年第 5 期

# 对仗练习

古 岛

天对地

雨对风

酒醉对烟熏

衙门对妓院

公仆对随从

香车宝马八千里路云和月

红楼青阁十万只盘鱼和熊

上对下

鸡对虫

倨傲对逢迎

腐败对反贪

锣鼓对警钟

唱戏大角头重脚轻根底浅

跳梁小丑嘴尖皮厚腹中空

黑对白

乐对痛

苍蝇对蜜蜂

大哥对二奶

情人对老公

夜尽灯残烟笼浅水杏花白

夫唱妇随心有灵犀一点通


船对岸

西对东

富裕对贫穷

大陆对海外

老板对民工

心中花簇簇股票超市夜总会

梦乡路漫漫柴米油盐话三农


买对卖

媚对蒙

开会对放松

情色对权钱

利箭对硬弓

谁人身后飞短流长舌似簧

哪家门前车如流水马如龙


爱对恨

实对空

流水对花红

小人对君子

超脱对俗庸

千里关山难觅冷月几回圆

万籁俱寂但闻江上一声钟

**原载《行吟诗人》2007 年卷**

# 不速之客

李晓旭

坐在真皮沙发上，她提到找工作
灯光多少有点局促
一堆葵花籽在剥与被剥之间
眼睛里陷入一些情节，流浪
住陌生的房子，擦大理石地板
搬杂货，烤羊肉串，炸油条，或者陪聊

说这些的时候，她揪住自己生气的样子，一段
婚姻的灰
向深处一埋乡下的土地
新鱼塘，老屋子
我安慰的话一挤出喉咙，她还是忍不住
在没有血缘的人面前，失声痛哭

远处火车过小桥的汽笛，令我心惊
生命不能预想，比如这一夜的风声

**原载《诗刊》2007 年 3 月上半月刊**

# 边 界

韩宗宝

亲爱的　我说不出潍河滩的边界
就像我说不出山东的边界
说不出祖国的边界
说不出世界的边界

亲爱的
我无法说出一个人思想的边界
也无法说出生活的边界
也无法说出记忆和往事的边界

亲爱的　爱是没有边界的
我脸上泪水也没有边界
我分不清这些小小的泪水
哪些代表幸福　哪些代表痛苦

原载《诗刊》2007年2月上半月刊

# 一直很安静

**黄　芳**

"你一直很安静。"
你来的第一晚，风很大。
我来不及辨别方向，
风中的声音，轻轻地打开某个词汇暗中的深度。

很久了，我失去了所有的能力：
观望。悲伤。一只手抓住风中飘落的木叶。
——我陷于某个深不见底的泥淖之中。

"你一直很安静。"
你来的第二晚，风渐渐地远去。
你用温暖的手按住厌倦、离别。
——按住生活压下来的沉。

多么轻的端详啊，我在你衬衣的第一颗纽扣，
听到了生命里最温柔的低音。
我返回了最初的纯净。

原载《中西诗歌》2007 年第 3 期

# 局　促

苏　浅

大雾浓重，没有太阳
早晨在等你醒来，等你走出门去

等你慢下来，慢慢
深入到雾气中，世界只在三米之内
远方的生活
正缩成眼前细小的事物
小到一个词，你看见什么，它是什么

从南到北，再由东向西
仍然只有四个方向，你在广场上打转
在四个方向之外，你多想
张开翅膀就能向上
摆动尾巴就游到水底

但迷雾中到处伸出隐形的舌头
只吞吃，而不言语
混沌之间，世界越来越小，你陷在三米之内
怎么也出不来

原载《中西诗歌》2007 年第 1 期

# 蚯　蚓

孟醒石

一踏上家乡的土地
我立刻成了软骨头，像一条蚯蚓
情愿弯曲成任何形状
对生者点头哈腰
对逝者双膝跪倒
这样做，其实还远远不够
如果明月如钩，我情愿作一条鱼饵
如果残阳如血，我情愿被两只麻雀来回撕扯
而父母却不情愿
在父母面前，我仍然是泥土中最柔弱的部分
混同于小草的须根

原载《天涯》2007 年第 4 期

# 这点爱

余　丛

这点爱，在时间的天平上
一点一点失去重量
短暂，却是美好的
疼痛，却是刻骨铭心的
这点爱，不再是全部
不再是你我唯一的依靠

这点爱，莽撞的厚礼
偷走的肉体也糜烂殆尽
爱过的，如泪水缠绵
恨过的，莫非刀光剑影
这点爱，迷途不知返
过往后是明亮的疤痕

这点爱，不再是爱
是缝合不了的一段纪念
是花，早已经枯萎
是蜜糖，就此失去甜味
这点爱，是羞愧之心
请求放过，而不愿提起

这点爱，我掖着、藏着
不暴露一点蛛丝马迹
不声张，不轻易拿出分享
不隐瞒，不骄傲地炫耀
这点爱，一回忆就碎了
就烟消云散，不再彼此

**原载《中西诗歌》2007 年第 3 期**

# 身体有它受过的爱抚

扶　桑

身体有它受过的爱抚，蔷薇色的时刻
身体有它的寂寞
它的哀伤、痛楚、颤栗

身体有它的夜晚、一个唯一的夜、从未到来的夜
一双唯一的眼睛——

身体有它的相认
它的拒绝，它的洁癖
它固执的、不被看见的美丽

身体有它的柔情
有它的幻想、破灭、潦倒、衰败
它终生不愈的残缺……
身体有它的记忆，不向任何人道及

原载《天涯》2007 年第 4 期

# 每年都有人从故乡离开

老 了

每年都有人从故乡离开
到比县城大的城市去
他们背着铺盖，决心一去不返

每年都有人从故乡离开
尤其是秋天，他们等不及吃月饼
就挤上汽车，挤上火车，挤进城市的公交车
一下车，就迷了路

从故乡离开的人，不再说方言
改讲普通话，像鲁西南黄牛那样普通
他们不再猜拳，不再酗酒
不再打架，不再骂街
顶多找个没人的地方，哭出几句乡音

从故乡离开的人，多少有些复杂
填写籍贯时，叛徒一样心虚
故乡已被我们涂改得面目全非
可它永远也无法一笔勾销

原载《诗刊》2007 年 2 月下半月刊

# 他们究竟看到了什么

沈　沉

我有一扇朝向西南的窗
我常常坐在这里
歇息内心的风暴
度过一个个庸常的晨昏
看世界的喧闹
拍打冰凉平板的茶色玻璃
送走一轮轮
沉沉夕阳

直到有一天　两个棕黄色的鸟儿
砰砰飞向这扇紧闭的窗
一只扑腾着掉到楼下
一只就死在这窗沿上
我的心里一阵惊悸
像倏忽熄灭了两团火焰
或阳光。鸟儿啊
你们是在殉情
或是看到了什么
竟然如此绝望

真想也长对翅膀

去试试天空的高度
飞过每一座欲望城市
卑微村庄
飞过蒙难的森林悲伤的河流
飞过所有繁华与荒凉
然后　也俯冲向这扇紧闭的窗
看看究竟有什么　值得去死

**原载《小地方》2007 年创刊号**

# 惊　险

子梵梅

我愿意我隐隐作痛，而无人知道
别人的阴影投放在我的脊背，而我无觉察
所有的谎话都很美，我愿意假装不懂分辨地倾听
我交代我的父母为我准备一句墓志铭：
"她是我们的好女儿，
她卒于她的原谅和替你们做的大量隐瞒。"

**原载《诗歌蓝本》2007 年总第 3 期**

# 2005 年的转身

林　雨

20℃的阳光
在墙的拐角处消隐
我抢先，在你转身之前离开

也许只有海知道
一滴水饱含潺潺涛声
她需要大海的博大

我只是想
把手放在你宽大的掌间
就在 2005 年最后一秒
一次唯一的相握

我一直走着呐喊着，喝下不少凉风
前面只剩下
一个空荡荡的转角
风穿透我，掠过你的方向

**原载《诗刊》2007 年 4 月上半月刊**

# 歌　声

阳　子

听风在吼
歌声像是在游戏
时间变成破旧的灯盏

呼吸从月亮上坠落下来
一座虚无的剧场
春天的歌声没有血
天堂和我的身体一样透明
一棵砍倒的树
和一阵灰烬的叫喊有关
更多的蛇影从洞穴里
延伸出来

我在倾听，风雨的喉音
深夜的钟开出花朵
冰冷的孩子丁当作响
仅仅是一个瞬间
春天也在寂寞里
丁当作响

原载《诗歌月刊》2007 年第 3 期

# 庭　院

**浪　子**

当大提琴在黑暗中发出召唤，爱人
我们早已爱得只剩下爱。
时辰破晓，鸟儿归巢
而我们的爱还在增长，嘴唇
依然滚烫。

这大地的传奇须臾未离。
缓缓而来的夜色，它遮蔽
玻璃的东郊
我们潮湿的心
必将被雨水擦亮，在不复存在的庭院。

**原载《海拔》2007 年第 4 辑**

# 深 夜

董 辑

深夜，我把孤独和茶叶

一起泡在玻璃杯中

深夜，我的心

承受着一张白纸的重量

深夜，我翻译风吹树枝的声音

我用一本海德格尔的书

丈量心和星空的距离

深夜，一个朋友打来电话

告诉我迪厅的盛况

告诉我，女孩子们抹着黑色的嘴唇

皮裙下没有内裤

啊，深夜，深夜

对于我来说

有风声和星光就足够了

有凡·高的画儿就足够了

深夜，欢乐的人有足够的权利欢乐

在舞厅，在饭店，在酒吧

深夜，痛苦的人有足够的义务痛苦

为世界，为灵魂，为上帝

原载《大东北文化》2007 年 9 月第 35 期

# 不露声色

霍俊明

廉价的生活将丰盛的秋天置换
如此的不露声色
我一次又一次走近

午夜，人去屋空的排练场
闪烁的灯光
再次打开多年之后的细节

我们一再承认我们的宿命
尽管
我们还在相爱
风中的盐
结晶我们最后的浪漫与苦涩

原载《汉诗年会 10＋1》2007 年第 1 期

# 依然如此

邵风华

很久了
我在这生活着
假装有呼吸、有心跳
混乱的夜晚有梦
我看见也只是看见，我沉默
只是因为无话可说
我给你爱，但不仅仅由甜蜜构成——
在夜晚是这样，到了明天
也依然如此

原载《诗歌月刊》2007 年第 8 期

# 总有些期待

李明月

总有些期待在冥冥中
总有些我说不出的
我感到了丝丝的气息
它们和我一起

是什么在我的墙壁上走动
贴在玻璃窗上
打开我眼前的空间
一圈圈放大的空间
有时是桃花掩映的村庄
有时是发着光的外星人
有时是自己坐在对面
一分神　它们不见了
一定神　它们又出现
它们通晓我的心念
关注我的每一个举动
我要穿上漂亮的长裙
让黑发垂下腰间
画一张美好的画
因为　它们在看
我也在看

总有些期待

藏在真空妙有的暗中

想到前两天做梦

第一次在梦中飞翔——美妙无边

总有些期待要我好好地活着

要我长出翅膀

在事物中超越肉身

**原载《诗潮》** 2007 **年** 3—4 **期**

# 感　谢

陈小素

感谢这些布匹

这些裙子和礼服

感谢这些伤口　这些冷

感谢这些鞋子

这条我绕不过去的路

我就是一万个不情愿

也还是得走着　脚被硌得再疼

也还是得忍着

感谢这些轻柔的手

它们只需在我的表皮下植入些许的毒素

就轻易地改变了我

多好啊　你再也看不到我的丑陋

感谢这些厚朴　苦参　还有郁金……

感谢这些止血钳　手术刀

感谢这些可爱的天使

让我在一次疼痛结束之后

继续等待

下一次

原载《诗选刊》2007 年第 2 期

# 一生的快乐

**殷常青**

用怎样的方式才能说出？当一个人
对世界的过往的时光已说得太多，
当对即将到来的幸福——

满怀不安。当一只蝴蝶步入老年，
用怎样的方式才能说出
少年时代对火焰的那种莫名的感动？

当一个春天的早晨，不得不服下安眠片，
当重读一封旧信，不能不想到早逝的书写者，
当时间和修辞的舌尖一起慢下来——

用怎样的方式才能说出一生的快乐，
说出这个就要过去的春天，
说出一卷隐藏在内心的闪光册页？

原载《星星》2007 年第 9 期

# 鸟死了

方闲海

旅途中
我喜欢阅读一本诗集
而在人堆积的地方
譬如有一次
公交车上
我却有过阅读诗集而不爽的经验
就因为诗
一行一行的
边上的人以为我
读到了天书
为了使他们诧异的目光
重新变得像现实一样黯淡
我必须合上书
我必须合上任何一首打开了翅膀的诗

原载《诗歌现场》2007 年秋季号

# 淤　塞

乔书彦

风吹落叶，比它更轻的
是我的脚步，在杂货铺和居民区之间
是按设计师的想象，合理或者混乱，分布着
我的童年、中年和老年，其实从过去到现在
我只是由于没有达到预期生活
而有所抱怨，那么明天我是在这里还是在别处？我发现
自己被一种欲望操纵，盲目地
排斥内心想要留住的那种感觉
熟悉的身影在燥热的夏天消失，街道拐角处
淤塞的下水道需要疏通，以便降低
过高的血压

**原载《追寻》2007 年总第 6 期**

# 我说哈尔滨

莫卧儿

双乳之上的白云
葬身悬崖前，早已疼过
——来不及抓住那一刹的震颤

中央大街
我在石板路上轻轻行走
惟恐惊动了沉睡的灵魂
欢歌与喧响
脱离了时空的飞翔

萦绕于
路旁尖尖的屋顶
今时的灰尘
和昔日的鲜红涂料
都已慢慢旧了

让我说出：贵族
让教堂、蓝调、冰雪、岁月一起替我
去爱

原载《星星》2007 年第 3 期

# 黄山一游

阿　西

二〇〇七年五月四日凌晨

我下了火车立即向黄山奔去

带着布鞋手套和三瓶矿泉水

在二元钱的地图上

找到了迎客松天都峰和光明顶


（我要在那里拍下相片）


天空下起小雨

小雨变成了中雨

中雨湿了路两侧的竹林

当我抵达山脚

无数昨天的影子在攒动


下雨，浓雾，山上看不见树和石头

我带着纸笔从广州来

很明显，黄山并不需要我

写一首应景的庸诗

我转身离去

黄山一动未动

原载《九人诗选》2007 年第 1 辑

# 跑步机

丁　莉

走吧　你对我说

路　在脚下


草紧贴着地皮　咬起耳朵

一些细碎，一些争执，一些纠缠与温柔

风把高八度的言辞

扎进口袋，统统

带走了

听不真了

草还在脚底下　软语咕哝着

抽去那些绿、小情调

抽去你

那些日子，将只剩下一具

空洞而无望的姿势

原载《诗选刊》2007 年第 2 期

# 一个人内心的暗

江　耶

让灰尘落满
像心思，在四十岁
经历了足够的时间
安静下来，进入一个角落
时光在外面从容
照亮不了一个人内心的暗
隔开，从来都是这么容易
进入，却一直不能简单
有了自己的想法
在心里抱紧
就不会被真正打开

原载《诗歌月刊》2007 年第 5 期

# 旅途中的月光

辛　酉

## 1

车过长兴的时候，在杭宁高速上，我看到了月光
久违的月光；已经很多年
我没有见过月光了。如此皎洁的
月光，就像五百年前
我撒在护城河里的细碎的银子。
我听到了月光，三寸金莲，落地无声的脚步。

## 2

再过三天就是十五了。渐满的上弦月
使我想起了一个比喻句
你看，她多么像嫦娥略微下垂的
半边乳房。悬挂了五千年
依然那么素白，依然那么楚楚动人。

## 3

旅途中的月光，在车窗外照着大地、河流、远山
和湖泊；照着将头颅埋进前胸的稻谷
在风中起舞的树林，在孤独里
暗自开合的玫瑰；照着正在啄尸的乌鸦

还有滚在花生地里野合的狐狸

和一只蚂蚁的睡眠。旅途中的月光，照着窗外

也照着窗内，照着一位诗人的歌声

以及二十三名旅客的梦乡。我感到神从未如此公平过

**原载《文学港》2007 年第 1 期**

# 星期五

安顺国

今天，电话总是不断接听

都是些相邀或者相约的餐会

朋友，同学，牌友

商界的大小老板，同事

偶有写作者，在一起

喝酒，泡吧，吼歌厅

就像卖艺人在打场子

从一地到另一地

乐此不疲，像越跑越有人缘似的


其实，这座城市很小

常在外面行走

总会碰见相熟的人

这时，匆匆一握或者一杯酒下肚

便成了最好的祝福方式

时光转瞬即逝

越跑越感到城市越小

越跑越感到幸福时光太短

还未来得及停歇

才知双鬓也已渐渐灰白

徒伤悲的或许总是自己

原载《地火》2007 年第 3 期

# 包山底的小溪不见了

慕　白

包山底的小溪不见了
我的乡亲们只好陆续地离开
梦的故乡从此长满荒草
森林一大片一大片地倒下
这些无根的树木
在城市的高楼里流浪

包山底窄窄的小溪在我童年的河流中
清晰可见
一伸手就能抓住一二朵
快乐幸福的水花
母亲在溪边洗菜，荷锄晚归的父亲
在溪边一遍又一遍地擦洗心爱的锄头
隔壁和我同龄的姐姐
两只藕白的手
小心翼翼地浣洗那件粉红的衬衣
我家的老黄牛悠闲地在上游散步

包山底的小溪不见了
我的村庄，我的灵魂蒙上灰尘

从此，天空飘满痛苦的影子

眼泪，不是水。

**原载《江南》2007 年第 5 期**

# 夜色有一颗钻石般的灵魂

印子君

夜色有一颗钻石般的灵魂，它覆盖着我金子般的记忆
在夜里，只有夜色悄悄为我传递着，今生与前世的消息
夜色总把自己像大海一样铺开：铺出无边的宽厚，铺出
深深的静谧
坚定的夜行人，被夜色视为朋友和兄弟，一一珍藏在
心里
哦，星月在浮动，花草在微语，虫鸟在低吟——这是夜
色的呼吸
而经由晨露洗浴，夜色将变成一群群夜莺，从屋顶和树
梢缓缓飞离
夜色有一颗钻石般的灵魂，它覆盖着我金子般的记忆
在夜里，只有夜色悄悄为我传递着，今生与前世的消息

**原载《富顺文学》2007 年第 3 期**

# 拼　接

唐德亮

等待。一直等到残缺的黑陶豁着嘴
却说不出话

转身，已是千年
柔韧的火　洞穿一切秘密
却又被秘密围困
一层层的尘灰　留下梦爬过的脚印
瞬间，这脚印四面纵横
将黑陶复印成一幅抽象画
是古老的艺术长出了现代的花朵
抑或现代的艺术借古老的精魂作底色？
嘴唇补上去之后
可裂痕依然存在，用手轻轻叩之
声音不再清纯。

原载《作品》2007 年第 10 期

# 水的无限性

**梅依然**

你具有无限性。
在杯子里，你是一杯水
在河床，你便是河流
在海里，你就是海洋
一棵树上，你是一棵树的经验
而现在，你在天空
寒冷。悲伤。欢乐。幸福。
命运！都统统下来吧
我就是那只装你的容器

原载《诗选刊》2007 年第 2 期

# 蛐蛐们

钱利娜

黑夜吐出丝线
串起蛐蛐的鸣叫
贫民们一路落下
那么多发光的小石头

它们唱得很轻，像一群洁白的少女
赤脚而行
放养在空空的庭院
客人远走，灰尘一起逃离

像一场私奔，留下我

比庵堂更宁静，但它们可以
水一样漫过来
我闭门谢客，只为了告诉它们
整个夏天我们相依为命

告诉它们，你是银子
从我魂灵里长成
世上还剩下多少个
同我一样的人

离开肉体的泥泞

和潦草的爱情

来独自听你

像生活一样，平静歌唱

**原载《南方》2007 年第 1 期**

# 在我黑暗的身体内部

曹 东

在我黑暗的身体内部
始终有一只手摸索着什么
越过有阴影的肺，清晰地
敲打我的骨头
我无法阻止，只能说
轻些，再轻些

它要寻找，被挤压
变硬的往事
那些高速滚动的石头
此刻，安静下来
守候在心灵的暴风口
把劈来的锋刃
——碰卷

只有我知道，这些怪异的事物
呈现和消逝的方向

原载《四川文学》2007 年第 6 期

# 窗　外

游子衿

窗外树叶在沙沙作响。我知道
一些树叶会飘落在地
我走出去就会踩在它们身上
我的灵魂就会离开躯体
遁入明净的天空——这时而
变得晦暗的镜面
这无意义的深渊
此时已是春天，淡淡的新绿
已不能视而不见。门开着
树叶在不断地飘落
我走出去就将遗忘
就将身不由己，然而这是我的命运

原载《诗选刊》2007 年第 5 期

# 离我生命最近的男人

范小雅

有些时候
可以看见时间
走过的痕迹
比如他手里的一支烟
一截一截地
短去

这样的下午通常
有些暗
通常适合有一句没一句地
说点什么
无话可说呢
就看着他的脸
心想
这是离我
生命最近的男人

原载《诗选刊》2007 年第 9 期

# 原　谅

柯健君

原谅我的坦白。向所有人

说出了

冬天临走的征兆

拖不住一棵小草的转身


原谅我向一条河流

坦诚了远方的秘密

那么远的远方

比内心更丰富


原谅我对春天的感觉

稍稍迟了一点。三月伸出枝条

抽打我的脊背

多么痛的抽打啊

我说出了一朵花出嫁的良辰


原谅我向这个世界说出了爱

原谅我作为一个普通人

突然有了

写诗的念头

**原载《诗刊》2007 年 6 月下半月刊**

# 一个三湖农场的姑娘

**魏理科**

巴士进入三湖农场时

一个姑娘上了车

坐在我前排左边的座位上

她十八九岁的样子

皮肤偏黑

穿暗红的 T 恤衫

半截裤和塑料凉鞋

圆脸、圆手臂

肩膀也是圆的

乳房坚实

个子不高，不胖

却显得壮硕

过早的劳动

把她催熟

已经适合生育

和哺乳

这个大地的女儿

眼望车的前方，有时

也扭头看下我

可能是感觉到了

我一直在后面看她

**原载《雷雨文学》2007 年夏季号**

# 寺　院

张敏华

云是不动的，鸟也是，
树是不动的，巢也是，
灵魂超度在清冷的寺院。
大梵空寂，僧笳有声，
风，吹亮烛台。
佛经中短促的呼吸，
被香火点燃——

原载《南方》2007 年第 2 期

# 从潜江写到仙桃

花　语

这条路
我之所以不能完整地走下去
是因为我每走几步
都要刻下一些字符，打一个逗号
每走几步，再刻下一些字符
打一个句号

像一些手势，它们
被另一些手势接纳或抛弃
像一些抛弃，一截一截
有不为人知的骨血和痛泣

原载《金三角》2007 年第 5 期

# 把黑暗进行到底

老 巢

今夜不开电视
不开灯
把黑暗坚持到底
关手机
请勿打扰

一个人在自己家里伸手
不见五指　练习做贼
贼头贼脑说明
贼有头脑

真有头脑
我就能在天亮前
偷出自己
说明还有贼
说明贼还行

原载《诗歌月刊》2007年第4期

# 一个怀疑主义者的自白

红 孩

走在街上，总觉得
有人在跟踪我，瞄准我
躺在床上，总觉得
明天起来，坟墓会搁在荒野

总觉得读过的书
瞬间会成为硝烟
总觉得喝过的水
蝙蝠已经沾过
总觉得灌下的酒和喷出的烟
会殃及整座城市

总觉得梦里的一切都是真的
总觉得看到的一切都是假的
总觉得活在这个世上
就像没有活着

原载《诗歌月刊》2007 年第 4 期

# 日记：06年7月24日傍晚

苏兰朵

我在屋里浏览网页
像一条鱼，从一个鱼缸游到另一个
没有水，可以呼吸的是诗
那里的夜空，星星也是电子的

窗外有个孩子在喊
奶奶——奶奶——
不说干什么，就那样一直喊

是男孩还是女孩
脚上的一双小鞋
咯吱咯吱地响

我始终留着耳朵等他说话
直到那咯吱咯吱的声音
消失在我的倾听中

**原载《鸭绿江》2007年第2期**

# 假　设

俞　强

没有谁会站在悬崖上
承担夜色与眺望
没有谁会回到内室
与一滴檐雨耐心地对话
一个整体已经打碎
每一个部分都成为自己的中心
每一个中心都退缩到边缘
每一种联系都被中断，隔离
天，从我们的头顶漂走了
地，从我们的脚下逃离
鸟，从我们恐惧的瞳孔里飞散，坠向深渊
成为我们孤立的影子
谁是虚张声势的我们
我们沦为无法沟通的个体
坦克，核，病毒或者危险的思想
都无法动摇的是
虚无的根基
虚无的一丝一纹
这是永恒的完整
这是永远的平静
月季不是玫瑰

我们不是我
我不是你
你用喑哑的嗓子，站在塔上
大声疾呼：
回到世俗　回到物质
回到不可改变的遗忘之境

**原载《山花》2007 年第 1 期**

# 简　单

李　浩

我看着窗子。一只苍蝇撞上了玻璃
它已经多次为它的忽略付出相等的代价。天渐渐暗下来
天渐渐暗下来，其实其中的过程相当漫长，如同
并没有变化
如同并没有变化，我看着窗子
那些窗前的和窗外的事物都是静止的，只有这只苍蝇
属于例外

我看着窗子。没有电话，没有公文和其他的事件
一个下午异常简单，简直是一种挥霍
就像是一只暂时停下来的钟摆，不太习惯但又让我
心酸，对这样的简单充满迷恋。

原载《西湖》2007 年第 8 期

# 突然想到

小　米

冬日正午的天空空得
充满了压抑感　仿佛爱我的人们
是他们的爱　让我透不过气来

**原载《人民文学》2007 年 3 月诗特大号**

# 等

刘大程

我们一起放牛的时候
她还那么小
我甚至狠狠地把她
当小丫头责骂
但我一直在等
我看着她放开羊角辫
换成披肩发
脱去小麻袋
穿上紧身衣
留下不同以往的笑声和气息
我以为一切顺理成章
没想到再次说话
已是十年后
我在广东她在浙江
电话里的声音
竟如此苍老

原载《行吟诗人》2007 年卷

# 未完成的男人

泉　子

这个未完成的男人
他选择从七楼窗口的轻轻一跃
来解除他与这个世界所有的纠缠是对的
那么，他那目瞪口呆之后就藏进岩石之中的父亲
他那哭天抢地的母亲
他们以各自的方式来表达对这一事件的态度也是对的
只有这一事件那唯一的见证与转述者是应当受到诅咒的
因为他发现了，哦，这并非他的发明
那刻骨的爱
不过是我们骨髓深处那无法言说的仇恨

原载《九龙诗刊》2007 年春卷

# 此时此地

陈计会

一切在期盼中到来，晚风中的歌吟
你的眺望没入夜色
幸福也就这样衍生开来，像夜晚的草根
岩石、疲惫的心灵，穿过的流水
在敞开的时间里，你看见奔赴的脚印
一只鸟在前方引路，万物静立
飞翔、俯冲、横过一片岁月的山冈
你匆匆的行囊里携带着爱与忧伤
忧伤是难免的；就像这幸福
藏着充满汁液的草根，将夜紧紧环抱
一个人，他目睹了花开花落

原载《蓝鲨》2007 年创刊号

# 老式打桩机

黑　枣

"哐当"，6：30，它叫我准时起床
我推开窗户，看见它笨重的身体被春天的大雾包裹着
"哐当"、"哐当"……这漫长的一天
它敲打着小镇墨守成规的心脏
好像有些吃力，却又如此专心致志
有人说：在大城市，老式打桩机已经淘汰了
我只是觉得，它何其像我的爱情
一位守旧的诗人的忧伤……

原载《诗刊》2007年7月下半月刊

# 在尘世

花 枪

这世界对我的伤害来自
我的孤独和敏感
我的恐惧来自对这个世界深刻的爱
来自我听到的
和不可看见的那些事物

原载《诗歌现场》2007 年秋季号

# 星空下

寒　烟

你抑制不住地抬头
从星空浩瀚的词典里
查找自己的出处
一颗星突然明亮得像一颗钉子
将你垂直地钉在那儿

就这样被命名，被点亮
在最晦暗的时刻
就这样被逐向无垠的旷野
像一个乞丐那样，用被唾弃的手掌
捡拾星光撒落的点点碎面包屑

投进心里的每一缕星光
都会如期长成一块磐石
——你曾经怎样仰望
就将怎样匍匐

原载《太湖》2007 年第 3 期

# 去医院看望一位老朋友

赵亚东

他说过自己是不会老的
在去叫雪水温的村庄的路上
我们打着呼哨。那时候
他还不相信死亡
然而现在，他的肉体
开始背叛他
他浮肿的双腿就是证据
那轻轻一按的塌陷
就是另一个世界
他的上身瘦削得像一张纸
与雪白的床单重叠在一起
中间夹杂着来苏水的味道
我们曾经痛恨这里
可是现在，我不得不假装
安慰他，然后转过身去
窥探墙角里的另一个自己

原载《岁月》2007 年第 4 期

# 妈妈，您别难过

朵　渔

秋天了，妈妈
忙于收获。电话里
问我是否找到了工作
我说没有，我还待在家里
我不知道除此之外
还能做些什么
所有的工作，看上去都略带耻辱
所有的职业，看上去都像一个帮凶
妈妈，我回不去了，您别难过
我开始与人为敌，您别难过
我有过一段羞耻的经历，您别难过
他们打我，骂我，让我吞下
碎玻璃，妈妈，您别难过
我看到小丑的脚步踏过尸体，您别难过
他们满腹坏心思在开会，您别难过
我在风中等那送炭的人来
您别难过，妈妈，我终将离开这里
您别难过，我像一头迷路的驴子
数年之后才想起回家
您难过了吗？
我知道，他们撕碎您的花衣裳

将耻辱挂在墙上，您难过了
他们打碎了我的鼻子，让我吃土
您难过了
您还难过吗？当我不再回头
妈妈，我不再乞怜、求饶
我受苦，我爱，我用您赋予我的良心
说话，妈妈，您高兴吗？
我写了那么多字，您
高兴吗？我写了那么多诗
您却大字不识，我真难过
这首诗，要等您闲下来，我
读给您听
就像当年，外面下着雨
您从织布机上停下来
问我：读到第几课了？
我读到了最后一课，妈妈
我，已从那所学校毕业。

**原载《十月》2007 年第 3 期**

# 妇科 B 超报告单

路 也

上面写着——
子宫前位，宫体欠规则，9.1×5.4×4.7cm
后壁有一外突结节 1.9×1.8cm，内膜厚 0.8cm
附件（左）2.7×1.6cm，（右）2.7×1.8cm
回声清澈均匀

当时我喝水，喝到肚子接近爆炸，两腿酸软
让小腹变薄、变透明，像我穿的乔其纱
这样便于仪器勘探到里面复杂的地形
医生们大约以为在看一只万花筒
一个女人最后的档案，是历史，也是地理

报告单上这些语调客观的叙述性语言
是对一个女人最关键部位的鉴定
像一份学生时代的操行评语
那些数字精确、驯良
暗示每个月都要交出一份聘礼

如果把这份报告转换成描写性语言
就要这样写：它的形状，与其说跟一朵待放的玉兰相仿
不如说更接近一颗水雷

它有纯棉的外罩和绸缎的衬里
它心无城府，潜伏在身体最深处，在一隅或者远郊
偏僻得几乎相当于身体的西域
它以黑暗的隧道、窄小的电梯跟外面和高处相连
它有着虚掩的房门，儿女成群的梦想以及
一路衰老下去的勇气

如果换成抒情性语言呢，就该这样写了吧：
啊，这人类的摇篮
生长在一个失败的女人身上
虽有着肥沃的母性，但每次都到一个胚芽为止
啊，这爱情的教堂
它是 N 次恋爱的废墟，仿佛圆明园
这另一颗心脏，全身最孤独最空旷的器官
啊，它本是房屋一幢故园一座，却时常感到无家可归
它不相信地心引力，它有柔软潮润的直觉
有飞的记忆

**原载《星星》2007 年第 9 期**

# 天下无戏言

**沈浩波**

吃着晚饭的母亲

突然提起弟弟来

抱怨道

"连过年

都没回家待着

不知道整天忙什么"

我不管她的唠叨

只顾埋头扒饭

母亲说着说着竟有了气

"一年到头

他跟我说的话

不超过 10 句"

我心说糟糕

母亲最近身体不好

要把憋在心里的气

撒出来了

我不敢接茬儿

埋头扒我的饭

果然

母亲接着就愤怒起来

"早知道当初

还不如不生他呢"
我一愣
脱口就说
"当年你可说过
等你老了
不会跟我过
要跟老二过的啊"
说完我就后悔了
自己也没想到
小时候
母亲的戏言
我竟然一直藏在心里
耿耿于怀到今日
更令我没有想到的是
接下来整个的晚饭时间
母亲竟然都在解释
她当年的
这一句
戏言

**原载《汉诗年会 10＋1》2007 年第 1 期**

# 感伤的歌

沈　杰

一支感伤的歌
缀在母亲褪色罩衫上的
一粒不起眼的纽扣
黑夜投入我摇篮里的迷药

我来自梧桐树的故乡
来自母亲不够成熟的子宫的
阴暗中，他们怀着羞愧等待
长女这颗果实坠地

我来自一扇天窗呼吸的陋室
来自每晚酒精和争吵
形成的启蒙，大人的表情悬挂在
呆板的座钟上

我来自十几户邻居窗下的流言
来自与同龄孩子格格不入的
早熟的陌生中，他们的游戏
排斥我如同异物

一支感伤的歌是我全部所需

在怀旧的时间，它独立地
观望着日历在手中翻动的
沉甸甸的感觉
如今，园子里那口水井
早已不见顽童们带泥的鬼脸
那条长着杂草的石子路
蹦跳的脚步声渐渐沉没

如今，这个不合群的敏感的女孩
已经是个女人
已经学会咀嚼爱情、哭泣、死亡
带着荆冠彷徨于寻觅之路

一支感伤的歌
该用怎样的嗓音低吟？
我看见星星微暗的弱质
正在流入我凋零的容貌中

**原载《红豆》2007 年第 6 期**

# 黄昏的侧边

黄礼孩

我遇见河水
它有神秘的寓言
我在上面跳舞
像在大地上造访

曾被召唤过的事物
从沙漏中流走
在这个世上
我没有什么可埋怨
我不懂得，或已宽恕
自己的焦虑
一个旅途中的孩子
消失在旅途

原载《作家》2007 年第 1 期

# 一首诗

张曙光

它是什么？一件旧制服
套在时代发胖的身上？纷纷
飘落在广场上的雪，早已融化
而熟悉的面孔也变得陌生

梦滑过我们的手指。隔壁的
房门砰的一声关上。日子
和风景变老。不，变老的是我们
我们的生活从中得不到任何补偿

它不会教我们如何生存
或死亡。它只是一辆并不守时的
公交车，载我们沉重地驶过
熟悉或陌生的街景，而终点

早已确定。当时针指向下午五点
你已经无力阻止下一场谋杀
事实上，它们早已开始了
就在我们的视野之外。而房间里的

光线适时地变暗。书架上

陶渊明和但丁并肩站着
还有李清照和阿赫玛托娃
我看不出它们有什么不同
甚至生活和一首诗。甚至
活着和死去。基斯·杰瑞特的钢琴
舒缓而优美地弹着。但愿有足够的
鲜花，装扮心灵空荡荡的墓地

是的，诗即是生活。而生活
有时也会装扮成一首诗
如同时间足够，困惑足够
但谁会赏光参加我们的葬礼？

**原载《西湖》2007 年第 9 期**

一首诗

# 滕王阁

卢卫平

车过滕王阁
我叫司机停车
司机说　如果上滕王阁
你们就没时间购物了
你们就赶不上火车了
于是大家都说　那就不上了
导游也说　滕王阁名气大
真上去了也没什么好看的
我还是上去了　独自一人
王勃在《滕王阁序》里等我一千多年了
站在楼上　我相信了导游的话
高楼挡住那落霞
飞机吓跑那孤鹜
那秋水里飘荡着塑料袋
那长天中弥漫着黄沙尘
王勃兄弟　再见　我来迟了
我一脸落寞两手空空回到车上
团友们欢声笑语
从特产超市满载而归

原载《红豆》2007 年第 4 期

# 我爱……

蓝　蓝

我爱你，冬日光秃秃的树枝

埋在积雪下的枯草，结着薄冰的
池塘，一只孤零零的鸭子
浮在清冷的水面上

我爱你们身上无用的东西

风号叫着，从你们沉默的顺从前
退走：——笨拙。等待
独自挨过漫长寒冬

唯有夏天的浓阴和河水描述出
那些悲惨生命可能的幸福

光秃秃的树枝，埋在积雪下的枯草
结着薄冰的池塘中
一只孤零零的鸭子
被寒风吹乱的羽毛……

原载《人民文学》2007 年 3 月诗特大号

# 暗　花

哑　石

盛夏了，林木早焕新彩
你的身体，仍看得见凛冽、蓬勃的雪线。

江间波浪，汹涌如时代。
厌倦了隐喻，羞愧用文字搓出一股股炊烟。

那里，置换露水裹身的朝霞之自我
与众多愣头青的哈戳戳，并非不是件妙事。

又看见：城市埋首，规划胸骨下轰隆隆的地铁
本意献媚女神，却钻了酸楚的牛角尖。

抚摸你冷玉般的背脊，将暗花细辨……
是的，是的，盛夏了，林木早早焕了新彩。

**原载《九人诗选》2007 年第 1 辑**

# 咖啡馆

鲁西西

我一生从没有和谁坐在一起喝咖啡，
也许喝过，可是我忘了。
不是没有咖啡馆，
是因为这一生，从来没有冲动过。
一个人疯狂了，就想变安静，
喝咖啡，是一个自我确认的途径。
昨天我刚想，要是我一睁开眼睛，
要是面前正好是一个咖啡馆……要是
我走进了咖啡馆，也喝了，
想听什么，看什么，都
达到了，
我就可以回家安然睡觉了。
但如果我不将这一切转化为欢乐，我就
没有喝过那杯浓咖啡，我也从没有
冲动过。

原载《红海滩》2007 年第 1 期

# 说出的就不是爱情

李见心

我说我爱谁
其实我心里爱的不是他
我说我爱谁
其实我骨子里爱的不是他
我说我爱谁
其实我灵魂里爱的不是他

说出的就不是爱情
我的爱深沉、博大
土地般深刻
又天空般无形
比冰川的世纪还冷静
比原始的夜晚还浓密
太阳也无法融化
月亮也无法洞穿

说出的就不是爱情
我的爱秘密、奔放
怀揣一个巨大的阴谋
又阳光般无处不在
比婴儿的睡眠还小心

比星辰的夜空还疏朗
春风也无法开启
秋梦也无法捕捉
我爱的人
活在我的爱中
请你放心
你比钻石的嘴唇还严密
比金刚的牙齿还坚固
比不会出生的人还安全

即使死亡　也无法撬开我的嘴
说出你的名字
你的名字只有生，没有死
超越我生命的长度
超越人类的语言
超越时间的界限

我的爱人
请你原谅
我无法说出你，像无法说出
金子的忧伤
水的疼痛
宇宙的完整

你就是存在本身，秘密本身
比火焰还清澈
比灰尘还干净
比没有发生还原始
比原始还缄默

不沾一丝人的指纹和嘴唇

说出的就不是爱情
亲爱的，我怕我一旦说出
你就会变成蝴蝶飞走
然而，我更担心的是
你变不成蝴蝶

说出的就不是爱情

**原载《人民文学》2007 年 3 月诗特大号**

# 悲　情

宋晓杰

下一场雨，就要下透
别只有几声闷雷，湿了皮肤
爱一个人就爱得彻骨，硬，然后疼！
别让中途的帐篷四处漏风

我时而沉默寡言
时而眉飞色舞，只是因为
些微的感动！

……请不要以针尖的口吻追问
如此凛冽的荒夜中
我是在奔赴天堂
还是在寻找深渊

原载《山花》2007 年第 2 期

# 溃　烂

杨　邪

一只梨和一只苹果，肩并着肩
——在书桌一角的托盘上
它俩，差不多等我一个多星期了

一只梨和一只苹果，肩并着肩
我天天对着它俩——看光线在不同质地的
皮表上反复抚摩，看阴影在周围

时刻发生着，小小的变幻
——而直到有一天我察觉到苹果上
长出了一颗青春痘般大小的，可疑花斑

我找来水果刀，移过托盘——
这才赫然发现问题不是苹果，反倒是
这只梨的那一面，早就已经烂了个指甲盖大的
疤……

——把烂梨送往厨房，丢进垃圾桶
然后削掉小花斑以及全部的苹果皮
接着一分为二，我切开了洁白无瑕的苹果

这是多么触目惊心——我目睹了两爿洁白

严严实实包裹着两个，让人恶心反胃

让人毛骨悚然的，偷偷溃烂的世界……

**原载《山花》2007 年第 10 期**

# 下一场戏

李轻松

下一场戏就是下一次相遇
是人是鬼，我还摸不着底细
就已经叫板。跟一个暗处的人幽会
难免要骑马，要趁着幽野星空
跑到山河破碎，马蹄冰凉——
也难免要乘风，叶子停在那儿
被风吹得心慌意乱——
更难免要飞啊，像一段荒凉的静场
从此我身中魔法，无法停下。
此刻镜子反光、房间紧闭、暗器横飞
我脸部干净、夸张，有点犹疑。
尤其喜欢从追光里飘出
一股鬼魅的味道，向宿仇索命
更像一个幽灵，身在尘世又高于尘世
在背影里恋爱，在转身间背叛
一个深长的拖腔等待救场
像一场火。原来他始终没有出场。
我晾在明处，不好声张……

原载《鸭绿江》2007 年第 5 期

# 小穆来北京了

**苏历铭**

王林夫说，小穆从太原来了
今晚同学聚会
我说今天是端午节，需要带粽子去吗
他说你把自己带来就行

小穆其实不小了
官职也不小
现在还带着随从
但我们还是习惯叫他小穆
大学毕业他选择了支边青海
在青藏高原上孤独牧羊
后来回到内地
在黄土高坡落户
命中注定他与平原无缘

在北京的同学已经不喝白酒了
小穆有些寂寞
他端着酒杯寻找对手
大家开始各自斟酒
纷纷与他碰杯
或者说与我们共同的记忆碰杯

席间我们谈到散落的同学
那些生命的基因
在世界各地转换成各种植物
有的是参天大树
有的是寂静青草
都在四季的转换中长出白发

小穆邀请大家今年去到山西做客
大家表示暑假成行
王林夫说，找一辆中巴车
大家坐在一起
像当年坐在一个教室
那时我们憧憬遥远的地方
现在我们只是要去山西
去小穆的家乡

**原载《十月》2007 年第 5 期**

# 城市建设座谈会

雷平阳

我的观点是主张旧，让一个城市
旧下去，保持旧。让我们
有着激荡的心却仿佛生活在过去
但我的声音很小，渴望大干快上的人们
并不想听。我同样是他们拆除的
对象：一幢才启用了三十年的楼房
在善变的经济学和强势的理论中
它成了政绩的敌人。它刚刚有点旧
就已经失去了保持旧的权利
确实有一股力量无所顾忌
也不可阻挡，我只能让自己旧一点
生活在咄咄逼人的新城里
假装对所有的颠覆，一无所知

**原载《诗意》2007 年总第 1 期**

# 历　史

桑　克

现在，就可以写史。
不必等到明年。现在，就可以写写
时而神圣时而卑贱的历史。
复杂意味修订，而简单意味
远见卓识，如窗外之雨，
大小似可预测，然而有谁敢说：
我测得不差毫厘？

那就写吧。写去年史。
写前年史。写昨天，写每一个下雨的时日。
何论流血的时日，何论世纪之初
那每一次内心的起义。
颠覆，政变，阴谋，街谈巷议……
无穷无尽的猜测仿佛无垠的长夜，
让我惊异，让我突然张口结舌。

不指望一个人描述全部。
不指望一代人描述一块岩石。
铅笔描画的奴隶，请钢笔继续。
钢笔删改的铁面，请毛笔重临。
蜡笔也能轻录肖像的一根灰白胡须。

它直接披露神经之中的闪电，
辩解赤裸，义不容辞。

仅仅为未来准备蛛丝马迹。
一个小心的报纸措辞，足以显示一颗
渺小的良心，一个不起眼的乱码就是松动的螺丝。
不需要追认，也无需当时奖励。
仅仅是放言：我们的恐惧比你们想的
小了那么一点。正是这个小点，
使我们令未来怀念。

原载《山花》2007 年第 1 期

历

史

# 某　日

楚　尘

这些人我都见过，他们曾经
都认识我，但现在没有一个人
走过来和我说话，他们大概
已经忘了我。十年了，
我从他们的生活中消失了整整十年。
现在若想重新唤回大家的记忆，
我只有走上前去和他们说话，
但我没有动，我愣在那儿，
不知不觉，他们就从我的身边
慢慢地走过去，越走越远

原载《今天》2007 年秋季号

# 谢　幕

荣　荣

这首诗用于纪念一个人的早逝
在一个屋檐下争过食　避过雨
那人曾经也是我的兄弟

据说他藏了太多的话
不想在梦里泄漏　于是常常
通宵打牌　据说他很压抑
舌头两侧总有很深的牙印

但很少有人能看出来
就像他的谢幕　事先毫无征兆
他脸上的英气正浓
笑容里没有一丝暮霭

这辈子他究竟干了什么？
也许雄心大志只是肩背上的巨石
当日常成了一辆闷罐车
一颗心只能在里面焦急地转悠

现在又是这场迅猛的疾病
他追赶自己的命终于追到了尽头

最终　他的内心是否豁亮?
他逃离的现场没有更多的悬念

**原载《诗潮》2007 年第 3 – 4 期**

# 平凉与西海固

徐　江

两地的距离
并不那么远的
甚至有时
仅仅就是那么葱翠的
一山之隔

是独化盛情
用警车载我们到泾源
是小单在固原执意转身
不让我等看太多
硬汉离别的泪水

不屑于扮李白
更没有德行
去硬说汪伦
我只想说那一刻
你们让我想起了最棒的朋友——中岛

原载《诗潮》2007年第7－8期

# 逆　光

王乙宴

这么慢的心跳
随时都可以停止
嘴唇把气流吹拂到她光滑的手背上
一股催人心碎的快乐

双手早已离去
把脸贴在镜子上，雪化的雾气中
双手滑进皮肤里

春风透出一丝光亮
海棠花在小径上
她任凭自己的眩晕
双手在树梢上
双手在湖面上

原载《中西诗歌》2007 年第 1 期

# 一件往事

## 马新朝

它就在那里。保持着
原来的模样，它不会生长
与时间和别的事物
板结在一起
没有人能够发现它
在我把它写入诗之前。今天
当我从一个旧仓库里偶尔看到它时
它躲躲闪闪，像铁锈上的
虚无，企图再次滑向黑暗中
我小心地把它取出来
穿上文字的衣裳，它在疼痛，抖颤
像海蜇一样枯干了

**原载《诗刊》2007年4月下半月刊**

# 谁能够认出那就是云朵

江一郎

飘在天上，那么轻柔
飘在天上，比一只飞鸟
更优雅，也更自由
但有谁真正明白，这天上的心
一颗怎样孤寒的心啊
藏着多少酸楚

飘在天上，如此惊艳，孤傲
又有谁真正知道
天上的荒凉到底有多辽阔
闪电，炸雷，躲在阳光背后
何时将她撕裂
并彻底砸碎
当她忍不住想哭，她就坠落
这时，谁能够认出，脚下
淌流的，低泣的
将泪水流干的
是天上云朵

原载《江南》2007 年第 1 期

# 如果死者可以告诉

李郁葱

在墓地，如果可以说话
我们就大声说：说给自己听
如果死者能够听见
我们就告诉他那些到来的
那些往事和浮云……
我们告诉他关于他的故事
他所陌生的，也让我们迷失
关于那些勾勒，那些素描
他能够知道是他吗？
现在，他睡下了，在这里……
他的沉默是一种
抵抗：在生前，他从不说出这失望
现在也不。他遵守这秘密
如果死者可以告诉
我们也不因此会倾吐更多

原载《山花》2007 年第 4 期

# 再写我的父亲

三　子

五十岁那年秋天，父亲请来村里叫水发佬
的木匠，给自己和母亲做了
两副寿木。在祠堂的最后一进，横梁上
它们静静搁着，油漆闪过微暗的光
父亲抽着烟卷，说："今年，我已经七十了。"
我没有应他的话。和母亲不同
在松山下村，我的父亲是一个寡言的人
田没有了，他在荒地上种花生
晒干后，就进城捎给我们。父亲继续说：
"我已经七十了，寿木又上了一道漆，
你们不用操心。"我坐在他旁边，看着
他清瘦、安定的脸廓，还是没有应声

原载《花城》2007 年第 1 期

# 来而复往

宋晓贤

年齿渐长，他的面孔
渐渐明朗、整洁
人也更加安静
每到一处，生怕添乱
临走总把桌椅归位
把被子叠整齐，收入柜里
把双膝在床上留下的酒窝抚平

一切都跟当初一样
就像他没有来过一样

这一生的最高境界
就是保持世界的原貌
就像他从未来过一样

原载《诗选刊》2007 年第 9 期

# 代替一封信

李以亮

天晴了。阳光重又照临大地，
擦亮东边的窗户。
耽误的事情被继续耽误着，我写着
犹犹豫豫的信，
听见附近小学校的学生们
课间来到操场上如雀的笑声。
文字像一把梳子，理清了我的芜乱、嘈杂。
我再一次相信了
我所获得的语言，是一份命运的赏赐。
那么多的日子，我和你同病相怜，却又不可避免。
被践踏的生活，亘古如一的法则，和风总是难得的奢侈。
多么不可思议，此刻
我渴望的却是，与你分享这一日开始时的宁静。

**原载《诗选刊》2007 年第 9 期**

# 遗　物

南　人

那些合影
手机短信
光碟
发票
更换了密码的电子邮箱
手包夹层里的安全套
还没有来得及处理
就已彻底落到
你的手里
那些生命的激情与精彩呀
被你视为背叛

原载《诗歌现场》2007 年春季号

# 失血的时间

安　琪

你已经爬不动时间这座山了，恭喜你
可怜的人你可以
坐下来享享清福
或吐吐唾沫

你爱这一生吗？
你好像和夜晚有过默契在你年轻的时候
你好像爱过钱、文字，和一些
叫作血的东西
你爱过血这是肯定的
谁的青春都是血做成的

你爱过我吗？
好像有一点，你曾在某个公共场合
遇到我
那是七月阳光正炎的日子
它熔化了我们在晕眩的瞬间

那是离天堂最近的飞翔
风在袖手旁观但心脏发挥了作用
它保留住词语

仅此一次我们就离伟大不远，现在
你已经爬不动时间这座山了我也一样
恭喜你，可怜的人
时至今日
我依然会陪你吐吐唾沫
或享享清福。

**原载《诗歌月刊》2007 年 7 月下半月刊**

# 索菲亚教堂上的鸽子

远　人

在哈尔滨，黄昏降临得很快
索菲亚大教堂的周围
照相机的闪光，继续延长着白天
而整个白天我都在路上，我一直

在想，索菲亚大教堂
会是个什么样子？我现在看见它
站在一条分岔的路上，像一个隐喻
提醒我最好沉默。现在星座

还没有倾斜，我接触过的信仰
藏在几个世纪之前，像一些种子
在时间里开出花来，为了完成
几个书籍上的名字。但是今天

只有少数人，会忍不住将他们
熟悉，像熟悉一些比灵魂更深的秘密
我从最下的砖块一直望到顶端
十字架的上面，只有代替耶稣的鸽子

在黄昏里投下它们的声音

我看着走在身旁的羽毛和翅膀
带着谨慎的黝黑，它们突然
将你留在粗糙的地上，成群地
站在你到达不了的地方，仿佛要守卫
一个不愿散开的中心，仿佛那里
有个一成不变的人物。他用鸽子的眼睛
看着下面，低着头，慢慢地凝视——

一个孩子的拖鞋就要把夕阳踩灭
准备照相的少女，忽然厌恶地
推开闯入镜头的乞丐，乞丐的嘴唇
咕哝着，眼睛像发疯一样的通红

**原载《诗歌月刊》2007 年 7 月下半月刊**

索菲亚教堂上的鸽子

# 从今天开始

代　薇

脸和脸相互抵消

重量搬走重量

声音擦去声音

从今天开始

一个巴掌自己拍自己

一排空椅自己打动自己

一朵花自己毁灭自己

一盆水自己泼掉自己

从今天开始

一个人自己和自己

彻底分开

原载《诗歌月刊》2007 年第 4 期

# 遗 言

潘 维

我将消失于江南的雨水中，
随着深秋的指挥棒，我的灵魂
银叉般满足，我将消失于一个萤火之夜。

不惊醒任何一片枫叶，不惊动厨房里
油腻的碗碟，更不打扰文字，
我将带走一个青涩的吻
和一位非法少女，她倚着门框
吐着烟，蔑视着天才。
她追随我消失于雨水中，如一对玉镯
做完了尘世的绿梦，在江南碎骨。

我一生的经历将结晶成一颗钻石，
镶嵌到那片广阔的透明上，
没有憎恨，没有恐惧，
只有一个悬念植下一棵银杏树，
因为那汁液，可以滋润乡村的肌肤。

我选择了太湖作我的棺材，
在万顷碧波下，我服从于一个传说，
我愿转化为一条紫色的巨龙。

在那个潮湿并且闪烁不定的黑夜，
爆竹响起，蒙尘已久的锣钹也焕然一新的
黑夜，稻草和相片用来取火的黑夜，
稀疏的家族根须般从四面八方赶来的黑夜。

我长着鳞，充满喜悦的生命，
消失于江南的雨水中。我将记起
一滴水，一片水，一条水和一口深井的孤寂，
以及沁脾的宁静。但时空为我树立的
那块无限风光的墓碑，雨水的墓碑，
可能悄悄地点燃你，如岁月点燃黎明的城池。

原载《中国诗人》2007 年第 1 卷

# 电　厂

唐　欣

那时候我待在一家发电厂
几十台大功率柴油机一起轰响
山坡上的石头和树叶都微微震动
理论上我知道电的产生原理
但我很难跟这些活儿联起来
实际上我也没想把它弄清楚
我只做那些规定我做的
比如手指点击控制油门啦
走上悬梯抄写气缸温度啦
用棉纱把仪表台擦干净之类的
冷却池的水刚冒出热气
一群老鼠正列队横穿厂房
我用圆珠笔在工作日志上写下
今天无事　机器运转正常

原载《九龙诗刊》2007 年春卷

# 诗句常常迟到……

林茶居

诗句常常迟到
肋骨一般在雨季里隐隐发疼
说不出淫荡与潮湿哪个更为合适

这是我的六月
其中的时光已经习惯了死亡
经典的话，说一个月就够了
后来的美好的文字
类似于夏日褪去的衬衫
包括一双拖鞋一左一右的悄悄相伴

它们走过的街巷，今晚空无一人
今晚的雨一点一点变小
变得充满诡计
仿佛年轻时的上衣口袋
多情地装着蓄谋已久的信函

夜色是有意的
我总是在夜色里练习前进……

原载《星星》2007 年第 2 期

# 厌 倦

#### 刘 春

我知道还有很多事物等着我去认识
就像孩子等着母亲
但我已经老了，头发灰白，牙齿
被命运的丝线摇动、拔落

像一头过于肥胖却屡屡逃过屠刀的猪
我的内心只有厌倦，无尽的
厌倦……

**原载《终点》2007 年总第 6 期**

# 雪

杜 涯

在冬天，寒冷的气候常会带来一场落雪
大地上的事物因此显得与往日不同
房屋、树木、河流、道路
这些沉默的事物陪伴了冬天
也陪伴了落雪的日子里的我
在那些落雪的日子里
我常常独自在门口站立
我看到雪一整天都在落下来
房屋和道路隐匿了，田野寂静无声
河流在地上无声地远去
有时我看到雪落在远方的树林中
仿佛落在世界的中央
仿佛世界已被温暖遗忘
而在屋外，雪在不断地纷飞、翻卷
我观看并且倾听：
雪在大地上飘落
世界在匆忙中又逝去了一年

现在正是这样：雪在屋外已落了一天
房屋、树木、桥梁隐匿了，大地一片寂然
我站立并且观看：雪从空中落下来

带来了黄昏、灯盏

秘密的、进入并且开始流逝的夜晚

**原载《诗歌月刊》2007 年第 4 期**

# 时间困兽

陈小蘩

悄无声息的进入、蔓延、渗透，直至内视的空间
厚而空绵的黑。微弱的光照，我们失去最后能见的目标
远方只剩下无，从上至下的无。脚下的土地
最后的依托，在失去。无边的恐惧袭来
没有人能与黑暗对话
全部声音消逝在黑暗里不再折返
失去的声音，声的波一层层扩散，没有物体可以反射
让声音回来
降临或又一次割裂。在此之前，在此之后
夜浓浓地滋生。结束和开始都正渐渐临近
南山之豹，深藏于山。它进入我的体内
目光炯炯有神。今夜渴望一次出击，准确无误地
获取猎物
豹的速度和豹在黑暗中警觉、穿透事物的眼力
引我深入到伤口，每一次撕心裂肺的痛中
在夜晚的清凉里、逐渐平息退热的都市，我们在
你的街道游荡
街灯照耀下翠绿的树木、街心花园，穿过城市的河流
传递出遥远的自然气息。倾听瞬息中跌落的声音
幼芽生长。风掠过城市，卷起一阵尘暴
一步步走向黑暗深处，我所能记起的是这座城市

落日映照下的金色和更晚时刻朦胧的轮廓
不可琢磨的事物从眼皮下滑过，被忽略
豹行于山野。星光流泻永恒

**原载《诗家园》2007 年第 3 期**

# 最终发出的信

谷　禾

街道两旁纷扬的柳絮在我和你之间
建立起某种隐秘的对应，也使这个黄昏
充满变数。"一切都是宿命……"
但什么不可以改变？站牌下张望的人们
像一只只倦鸟，今夜他们
将何处栖息？而一个外省诗人
与陌生的北京少女的萍聚
难道只是缘分？混浊的空气里荡漾着
汽车尾气的怪味。汽车。楼宇。夏日海滩上的散步。
但我缺少足够的纸币
也无足够的运气。所以你只好失望地走开
"四月是残忍的月份"，狂风挟持着沙尘
努力上升，最后又落回地面
我继续朝前走，最后一缕夕光
穿过稀疏的树叶，弯曲在我身上
（而向上和向下的路是否能合而为一？）
塞车的朝阳路口，那些
黑衣的蝙蝠晚年一样刮过来
当我凝视你羞怯的脸
那纷披的泪水和柳絮一起
弥漫了我的视野。夏天来得

如此恍惚，时间撕毁了季节的契约
奔走的少女，急不可待地裸露出
真丝内衣下的春光
啊，多少灯红酒绿和白色药片
埋葬了一天里的无数个黎明
从光到阴影，新漆的电车突然启动
呼啸着，冲破了云层的包围
而一个人的衰老多么轻易，返乡的夙愿
终止于一封吞吞吐吐的回信
灵魂说，"嘘——安静些，让黑夜降临，你将
走进白纸的内心……"
就像在嘈杂的电影院里，灯光熄灭
另一个世界缓缓开启，置身于虚构的场景
我们总在沉默里听见肉体的喘息
死亡的炸弹扔下来，银幕上一片雪白
谁相信我目睹的一切？一封信投进邮筒
我身体里最温暖的春天最终寄向哪里？
曾经癫狂的，曾经鲜艳的，曾经盛妆的
如今只剩下无尽的迷茫
也许爱和健康都是疾病
为了救赎，我必须病得更深！

**原载《文学界》2007 年第 6 期**

最终发出的信

# 界碑上空有一群鸟经过

文乾义

界碑上空有一群鸟经过
从河流的一侧，飞往河流的另一侧
从一个国家，飞往另一个国家
它们没有户籍，没有国籍，没有签证，也没有护照
它们歌唱，它们翅膀的光辉可以照耀任何地方
它们的巢筑在哪里都行
只要它们愿意

原载《人民文学》2007 年 3 月诗特大号

# 国家公园记忆

冯　晏

当海里的螃蟹抱着诱饵
被我钓上岸，我知道
到处要找的自然就在这海湾
要靠钓海里的生物，来判断
自然是否原始，是否还没被
人类损坏，这本身是一种残酷
在美国那些日子，稍残酷一点
就有连串的感叹发自别处

公路上撞死的鹿，撞伤的野猪
它们忽略了黑夜，不可挽回
那被压扁的猫，躯体在公路上
如同行为艺术，还有我
佛罗里达垂钓巧遇的鱼群
难吃的怪鱼抹不去味道
为此，我献出随时迎接意外的
女性敏感。草丛深处
上百匹游走的野马被我遇见

这个也叫野马岛的地方
每年，人们如期而聚

赶野马蹚过一条漂亮的河

草儿起舞，向着太阳迁徙

黄昏，梵·高麦田的鸦雀随处可见

彩霞的绸缎要比画布柔软

饥饿的蚊子，红树林弄湿了

它们的翅膀和视线，为了傍晚

我来得及走远，再走远

躲进一家孤独的小客栈

四周万物啼叫，只是没有人的声音

那是哪一年，哪一天

我在天涯海角，整夜失眠

原载《人民文学》2007 年 3 月诗特大号

# 在肥胖的时代

李元胜

在肥胖的时代，写清瘦的诗
时代越大，诗越小
时代越傲慢，诗越谦卑
每读一次，它就缩短数行
它从森林，缩小到树枝
还在不断缩小
直到，成为尖锐的刺

**原载《人民文学》2007 年 3 月诗特大号**

# 猴皮筋

赵丽华

这个夜晚
一晃就过去了
我们还在不知不觉中
有时我一个人
把它向深处拽去
像拽着一根猴皮筋

实际上一切感觉上的丈量都是失实的
一个人的苦恼有着人为的弹性
而快乐也是

原载《人民文学》2007 年 3 月诗特大号

# 肖村桥

### 潘漠子

肖村桥以南，我二十岁
肖村桥以北，我白发苍凉
死亡挟持着大风与爱
在得失之间来回疾走，平静地轰鸣
我随身携带着一条江河
只为流逝而奔涌
只为把肖村桥高高地举起

肖村桥之外，沉浮之外，淤积之外
我至少要保留一根落羽
得以和虚妄抗争，并被虚妄确认为飞翔

**原载《诗歌月刊》2007 年第 7 期**

# 每天我走进密室

马永波

每天，我都打开这个心灵的密室
沐浴，祷告，心中的波浪平息
而为深沉寂静的蔚蓝。每天
我都把这个密室的门在身后
轻轻关上，把白色的噪音挡在外面
因为在这里，我要会见
最尊贵的客人，和最温暖的主人

我打扫角落里的灰尘，我清理
积年陈旧的杂志，封面上
也许还有一个时代夸张的
大头婴儿的头像，我抛弃
一层层蜕下的皮肤，那上面
也许还带着血丝，和鳞片
它们还是凉的，我曾经
把它们竖起来，在草叶上行走

像一个昏黄田野上
对着夕阳的熔炉垂下头颅的农人
默默地伫立，因为我知道
等待我的，是灯光，食物，休息

当我用关节灌了铅的双腿

迈过那永远不会冰冻的门槛

那些浪游的人，还在光线模糊的

泥泞的小酒馆之间，走来走去

我祷告他们平安，祷告他们穿过街道

在大桥下面，找到星星的碎片

我祷告翅膀覆雪的鸽子，和钟声一起

在空中转身，停住，把锯齿形的

火焰，重新投射在人世的屋顶

我祷告，所有我尚未来得及认识的人

在通往伟大的路上又前进了小小的一步


对于那些我所熟悉的灵魂

我祷告他们像褐色的树枝

不容易折断，而至于我自己

我为还有力气祷告而感谢

一个与我同在的人，一个

走在我左边的，补足了我

又在我灰白的乱发上刻下波涛的你


**原载《中国诗人》2007 年第 2 卷**

# 家属院

丁　燕

我成了家属，住在家属院里

破衣烂衫，蓬头垢面

有时，手里拎一袋馒头

或者，拽一个小孩

穿过草绿色的栅栏

遇到一群穿草绿色裤子的老太太

和另一群草绿色男人在说话

她们是他们的家属

但她们都拥有战斗的绿军裤

而我像个姨太太

没有革命，却有了私生子

低着头，唯唯诺诺

家属院里处处都是眼睛和纪律

我自投罗网，住在里面

像一只飞向电灯的蛾子

原载《绿风》2007 年第 5 期

# 从远方开来的火车

谭延桐

哐哐哐哐哐哐哐哐哐哐哐哐哐哐……
就是我不说你也知道,这是一列火车开过来了
这列火车是从很远很远的地方
开过来的。这列火车是从很深很深的黑夜里开过来的
你瞧,它轰轰隆隆地、开过来了——

我之所以关心这列火车
并不是上面乘坐着我的亲人或朋友或特别的乘客
而是,它意气风发的样子
彻底感染了我。我甚至在一瞬间
被一种感动,牢牢地攥住了
就像春天里终于重逢了的许多树叶和花朵

我喜欢它的样子
就那样,埋着头,没日没夜地
跑呵跑呵,即使中途稍为休息一刻
也只是为了跑得更快,更加风风火火
我喜欢它的胸怀:俊的,丑的
富的,穷的,爱的,不爱的,一个也不舍得拒绝
只要是和它的命运紧紧地捆在了一起
就是同一个方向同一个速度同一个选择

呜——你听，它唱得

唱得多么豪情满怀呵！这才叫热爱生活，这才叫

汪洋辟阖

大丈夫，说的，无疑就是它了

它说得很少做得却很多

实实在在，说的，无疑就是它了


它什么没有见过呵？整天地

走南闯北，什么人什么事什么风云，它没有见过？

所有的况味，其实，全都装在它的心里了

原载《行吟诗人》2007年卷

# 暮色隐忍

叶 舟

佛教的黄昏

在一把斧头上

读出奥义。

在《南方伽蓝记》里

读出货币

和湮灭的信仰。

一树桃花下

读出部落纪事

与神经。

在一根拐杖上

认出荷马

和他失败的记忆。

在一束麦草上

接纳下爱人、礼拜、赞美

和舍利。

在法号的鹅毛中

走近吹手和鹰笛。

在一堆干粮里

找见水、葡萄和真理。

是的，在深沉的黑暗里

含着耐心、隐忍和光

穿越边疆。

原载《芳草》2007 年第 4 期

# 一群麻雀翻过高速公路

北　野

一群麻雀翻过高速公路
你追我赶，好像有什么喜事叼在嘴上
迫不及待地哄抢着

我羡慕其中领头的那一只
它的嗓子最鼓，翅膀最硬
脑袋里的坏点子肯定也最多

但我最爱飞在末尾的那一只
瞧它多么依恋那个群体啊
拼着命也要跟上自己的族类！

而我更爱，麻雀飞过的那片天空
它看着自己的灰孩子被人类仰望
辽阔的爱心里闪着悲悯的光

原载《阿克苏文艺》2007 年第 1 期

# 斑　斓

西　渡

我们醒来的时候，
已经陷入它们的包围。
拉开薄雾的窗帘，
一双双野花的手
捧着满把灿烂的
钻石——它们在夜间
为我们精心准备的礼物。
红的、白的圆穗蓼
支起一排排小脑袋，
带出了来自地下的秘密。
它们也是
草原夏季最明丽的注释。
一小队翠雀儿开到了公路上，
在岔路口，和牧羊人的羊群
对峙着。
它们徒不承认自由的限度。
蝴蝶也是。
蜜蜂则用螫针，
固执地维护着自我的形象。


更加灿烂的，拥挤的高原毛茛

冲我弯着身，似乎在说
如果接受它们的邀请，
我就可以摆脱昨天的自我，走向
自己的远方。
鸟鸣绷成了一条笔直的弦，
把自己射向自己的可能性之外。
我离开了公路，
迷失在灿烂和灿烂之间。

啊，这个美好的早晨，
它们借给我勇气，让我
怀抱灿烂的一束，
按响你的门铃。
仿佛一生……然后，
你开门——犹如灿烂的远方
露出了金色的晨曦！

**原载《中西诗歌》2007 年第 2 期**

斑
斓

# 仰　望

晓　音

我已经仰望得太久
那些高高在上的事物

现在我只想低下头来
我想低下头来
看看脚下的泥土
看看那些没有入史的植物
听它们在夜深人静的时候
那些润物无声的呢喃

也许是我仰望得太久
我的脊背已不习惯了朝下弯曲
向上的阳光顺着树叶飘下
藏匿不住的天空中
只剩下湛蓝

云彩一朵一朵地飘离
故作高深的老鼠趾高气扬
强作悲壮和慷慨

可是，我做不到

我的生命来得太突然
像沙漠里的一只骆驼
不经意吃下的一粒草籽
以难以启齿的方式
来到这个世界

我为什么一定要仰望
这个世界上，又有什么
能让我仰望的头颅
在想低下来时
能够像吃喝拉撒一样的坦荡

**原载《诗歌月刊》2007 年第 3 期**

仰
望

# 忏悔录

大　解

原谅我吧　看在我年近半百的岁数上
让我把虚伪贪婪懦弱愚昧浮躁狂妄等等
所构成的人生败笔一一找出来
让我认错　羞愧　悔悟
眼泪流往内心　洗涤一生的尘埃

让我弯下腰　向好人鞠躬
也向坏人和可怜虫表示怜悯
上苍所宽恕的事物我亦宽恕
上苍所要抛弃的事物如果有必要
我愿伸出手　参与挽留和拯救

除了爱　我没有别的选择
信仰使我确信　身体之外
还有一个更高的自我　他已超越了悲欢
正引领着我的生活

而现在　我必须回头
把命里的杂质剔出来
用刀子　剜出有毒的血肉

如果我得到了原谅　我是幸福的
如果我得不到原谅　我就补过
从小事做起　从现在做起
一点一滴清洗自己
直到土地接纳了我的身体
而天空舒展开星座　接纳我的灵魂

**原载《诗刊》2007 年 4 月上半月刊**

# 一句话

康 城

一个晚上你就为了说这句话
一句话是一颗子弹
它轻易地击碎爱的玻璃外壳
爱情弃械投降
一句话就是一场洪水
有没有爱情幸运地登上诺亚方舟

没有，你太满了
已经容不下爱情
一句话是一个开关
让全世界的灯光暗下
一个瞬间缩短的距离
有时几辈子也无法到达

一句话
搬走一座房子
在大地上留出一块空地

原载《诗歌蓝本》2007 年总第 3 期

# 罪　犯

韩高琦

把一则新闻放大到现场勘察的局部效果——
梦魇似的阴影缩水在河浜边的一丛夹竹桃，等待着。
早上七点。城乡结合部。最不确定的生活地震带。
几辆执行公务的警车闪烁着某种噱头。拍照。拉线。
等等。
围观者愈来愈多，愈来愈好奇。里三层，外三层。

一具美女的尸体裸身躺在那里。

她的死因立刻有了诸多版本，并将很快流传开去——
直到她背后的社会关系被公安机关一一厘清，
直到犯罪嫌疑人被锁定。

一具美女的尸体躺在那里，一丝不挂。
众人的目光贪婪地抚摸，毫无顾忌——
众人的目光里不约而同地走出了一个施暴者的身影：
你、我都不是无辜的。
警察找上门的那一刻：谁将如释重负，获得永生？

原载《山花》2007 年第 8 期

# 恰逢其时

张子选

在拉萨大昭寺门前广场上
那晒黑朝圣者面容也晒暖了六字真言的阳光啊
也一定能翻晒到一个人的灵魂
——适逢一朵白云飘过密宗僧舍屋顶上空
我正试图将生死暂放一旁
努力把灵魂这块玻璃擦拭得跟世上最洁净的事物
大致相同

在藏北羌塘海拔四千五百米高处
那吹翻众草也吹弯了羚羊犄角的风啊
也一定能吹进一个人的内心
——适逢那曲河上渡过一阵经幡猎猎临风高蹈之声
我正准备先将自身忽略不计
而是把内心这只负重太多的箱子尽量摆放得更加平稳

原载《天涯》2007 年第 4 期

# 虚 怀

## 小 引

为什么天还没有黑，而雨
却已经下了起来。为什么你脸色阴沉，突然
对我说起往事，在川藏交界的小县城里
向阳的山坡上，许多喇嘛围着谈心
远方有灰色的桑烟弥散，乌鸦
从头顶飞过，一大群，为什么是一大群
仿佛寂静的鼓声蒙上人皮，无所不在

我背对着窗户，这个国家，在窗外
有难以琢磨的事物漂浮在夕阳的光线里
你喉音沙哑，念一首很旧的诗，让黄昏
略微有了些凉意
黄昏是收缩的，内向的
一如多年前的爱情从山顶滚落而下。我沉默
看着黑暗慢慢进城，游荡在本来就狭窄的街道之上

原载《星星》2007 年第 1 期

# 橡树湾

缪克构

当着林阴道上纷飞的落叶
一种孤独披着清冷的寒衣飘荡
盛大的秋日走向不远处的海
一路敲响私家游艇上铃铛的声响

我曾经梦想着远离尘嚣的土地
身轻如燕、通体透明而又情怀富足
如今短暂的时光拽我之足落向梦境
反弹之力却高速将我撕成内伤

我爱我生命中的宁静时光
因而恨那时针走动的脚步声
我惧我平庸的生活如风吹过书页
因而恋我生活中的奔忙昼夜

爱和惧一路追赶我翻江过海
相告着传说是如此久远
恋和恨交织在此地和故乡
灵魂永远徘徊在内心的单人房

原载《星星》2007 年第 7 期

# 黑　夜

潘洗尘

当我抓到声音的那一瞬间

我总是在黑夜里
谛听到天籁
但我总是无法对它
做出具象的描述
它甚至不是一种声音
我用眼睛　就可以看到

有很多次　我甚至伸出手去
就抓住了它暖暖的感觉
这时我似乎有一点恐惧
当我抓到声音的
那一瞬间

原载《天问》2007 年第 1 辑

259

黑
夜

# 黑色地图

北 岛

寒鸦终于拼凑成
夜：黑色地图
我回来了——归程
总是比迷途长
长于一生

带上冬天的心
当泉水和蜜制药丸
成了夜的话语
当记忆狂吠
彩虹在黑市出没

父亲生命之火如豆
我是他的回声
为赴约转过街角
旧日情人隐身风中
和信一起旋转

北京，让我
跟你所有灯光干杯
让我的白发领路

穿过黑色地图
如风暴领你起飞

我排队排到那小窗
关上：哦明月
我回来了——重逢
总是比告别少
只少一次

**原载《上海文学》2007 年第 7 期**

# 洋盘货的广告词

翟永明

"在成都　有一么多的楼盘
它们盛开在这个城市的四面
有原创、有拼装、有移栽"

半山卫城　生长在地中海文明中
戛纳印象　"要在蜀地中看海"
每个房间均为凸窗设计
推窗见水　藏风纳气
幸福就是在夜里能闻到花香

香颐丽都　"置信於你将信"：
五百年前　达·芬奇曾于这样的河畔
画下蒙娜丽莎的第一笔
五百年后　成都人以文艺复兴生活
为蓝本　体验瞬间移民

成都后花园　却有纯正北美血统
托莱多　菲森德　哈维特
这样的地方　成都人大都没听说过
但不影响：这些百年传世大宅
完美售罄

"在三千余年的金沙遗址旁"

有诺丁山现场

国际新区　名叫米兰香洲

三十万常住人群二十万城市新贵

适合业态：法国酒吧

英伦书房　美式咖啡馆

韩国烧烤　日式料理

俄罗斯风情吧　"最炙手的是"

西班牙风情吧


巴厘，2006 成都爱上你

湛蓝的天　和煦的风

温润的阳光

取代了工作计划

绩优考评　职业目标

悠闲不必适可而止

"在丽都　在这样的措辞里"


迎宾大道一号　是国宾片区

1200 平方米尊贵空间

献予身家显赫、睿智从容的财富领秀

登录法则：以电话方式

具资产证明

审核法则：非请勿入

务请交纳观宅押金 RMB100，000

观赏法则：全日专属看房体系

届时　温莎岛将全面封馆

"福布斯级"水域豪宅

洋盘货的广告词

开创中国吊桥别墅之先河

主卧主卫配有遥控天窗
令主人在静卧中
享受浪漫的星空
私宅禁地　谢绝踩盘
在城东：
用 2000 亩原生松林作背景
用专属的高尔夫景观养视野
维也纳森林别墅　距离成都
仅一小时车程
半山之上　稀世公开
举目全国　这样的天成格局
亦堪称罕见
传世别墅的价值　也正在于此

"在成都　有一么多的楼盘
它们分别姓欧　姓美
或姓日韩
成都人不必跋山涉水
不必买机票　倒时差
劳筋骨　一天之内
就能把西方玩完"

原载《今天》2007 年秋季号

# 毕业时分

多　多

透明的郁金香，与

控制我们心的红李树一起

触到了冰山背后的强光


宏大音响的碎片敞开了

一如无极向创生敞开

要我看——被雪山注视时的极乐


我看到了时间——那朵漫长的玫瑰

正从我的坚强里汲取

爱情已经解体的纯洁


而宁静——和平的替身

已带着光内部的理由，照亮

打开它自身的第一把钥匙


我的重量，已不在我身上

在我额上，麦子已充满课堂

在鸟之上，彻夜都是黎明

光以外，我们开始看见——

原载《中国诗人》2007 年第 1 卷

# 我一直叫它们紫云英

林　莽

我叫它紫云英
在远处的草地上
如烟的淡紫色　一片片地开放

也许是一种错误
它到底叫什么
我不想询问
一些事物如果不能随其自然
那它已经和美无关

即使那些触目惊心的往事
出现　消失　成为了永恒的记忆
而美在我心中依旧是飘逸的
在短暂的人生里
我们不断地认知
对某些事物我们无法理解
但又无力追究

一些事物在生活里闪烁过
又沉寂于红尘弥漫的世界中

远处草地上的那些如烟的轻云

我从未近距离地观察过　但

我心中一直叫它们紫云英

原载《人民文学》2007 年第 5 期

# 一些人不爱说话

韩　东

一些人不爱说话
既不是哑巴，也不内向
只说必要的话
只是礼节
只浮在说话的上面
一生就将这样过去
寥寥数语即可概括
一些人活着就像墓志铭
漫长但言词简短
像墓碑那样伫立着
与我们冷静相对

**原载《诗歌现场》2007 年春季号**

# 在哈尔盖仰望星空

西　川

有一种神秘你无法驾驭

你只能充当旁观者的角色

听凭那神秘的力量

从遥远的地方发出信号

射出光来，穿透你的心

像今夜，在哈尔盖

在这个远离城市的荒凉的

地方，在这青藏高原上的

一个蚕豆般大小的火车站旁

我抬起头来眺望星空

这时河汉无声，鸟翼稀薄

青草向群星疯狂地生长

马群忘记了飞翔

风吹着空旷的夜也吹着我

风吹着未来也吹着过去

我成为某个人，某间

点着油灯的陋室

而这陋室冰凉的屋顶

被群星的亿万只脚踩成祭坛

我像一个领取圣餐的孩子

放大了胆子，但屏住呼吸

**原载《诗刊》2007 年 4 月下半月刊**

在哈尔盖仰望星空

# 世界图景

孟　浪

远方，风暴中升起的尘柱仿佛凝固

在风暴中吃力地支持住身体的人们

像一座座无言的雕塑

这是风暴最猛烈的时候

我看到了那么多不动

远方，距离我究竟多远

我殉难般走向那里又如何

让我消失在风暴之中

在那巨大的尘柱后面

在风暴中那站立着的人们后面

比远方更远！


接触到风暴的手不会抽回了

又一个个人的投入

风暴的核心，远方的秘密

在风暴中静止的众人

挣扎、搏斗，还有谁能看见

还有谁在远方之外无动于衷

都卷进去了，都无法离开了

都静止了，都消失了
我欲喊出声的，还有谁能听到
我已喊出声的，像尘柱纷纷坠地
风暴又在哪里？

远方，依然是那么多的不动
仿佛一张画片我可以把它移走
而这一切我根本无法触动
我太弱，经不起这世界图景的无言
这打击甚至让我无法迈步
离得太远了，太盲目了
风暴过去之后我也丧失了目的
那众人开始走动了，开始交谈了
在刚像布景一样露出的房子里出出进进
我，一个个人，在人群外
在想象的、不可遏止的风暴之中！

就这样置身于一个天然的悲剧
就在这里殉难，不需要更远
没有人看到、也没有人听见
一个个人的牺牲是值得的
风暴中升起的尘柱因此辉煌
那众人群雕般的身姿也有了意义
我，是风暴的起源和成因
盘诘我、逼视我吧，众人
我的回答已经高声喊出了

在远方，在我灵魂中的远方匿去
无边的晴朗在无声中止不住地高高升起！

原载《诗选刊》2007 年第 5 期

# 缝纫机

麦 城

一九六六年
大年初一的前一天
我与活在皮肤里的姥姥说
把这台缝纫机
卖了吧
有了钱
把节日赎回来

姥姥听后
气哼哼地回答
卖了它
家里这么多的伤心事
如何缝
又如何补

随后
姥姥一脚踏上缝纫机
嗒嗒嗒，嗒嗒嗒
她刚才的那份表达
随针线一起
织进了我的蓝布衣里

多年以后

放学回家的路上

蓝布衣上的一根线头开了

我顺手一拽

姥姥的那份表达

被我越拽越长

**原载《诗意》2007 年总第 1 期**

# 出　没

臧　棣

一只蝴蝶乐于服从的东西
鱼也乐于服从——
让我们就从这里开始吧。
再试一次！让我们深入寄托吧。

美丽的小湖，大多时候
待在砖塔的左边。而生活
牵扯到你时，突然发力
用整座城市将你倒扣在右边。

但是，稍微一翻身，
上下便再也不能为我们区分出你，
就好像有团雾，没大
没小地，送你到礼物的最深处。

在此之前，陌生于寄托意思是
你如此优秀，又有何用？
不过我们心里都清楚
你其实讨厌走到这一步。

谈心得时，你的舌头

是一只蝴蝶飞进了咖啡馆。

分这么多左右出来，但为什么

又不直接告诉我们你想迷惑的是谁呢?

一条鱼游进了自画像。

就给你这样的线索，说多不多，

说少不少。而且很明确，

在此处，风景的音量

是由喜鹊来负责调节大小的。

湖面单纯于表面，

用连绵的波纹

为风的日记分行。

谈神往时，你眯缝着一只眼暗示

先天后天全都乱了套——

就仿佛你面对的巧合是，

爱，美妙于人的不幼稚。

**原载《诗潮》2007 年第 7－8 期**

# 青春与光头

### 李亚伟

如果一个女子要从容貌里升起，长大后梦想飞到天上
那么，她肯定不知道个体就是死，要在妙龄时留下照片
和回忆

如果我过早地看穿了自己，老是自由地进出皮肤
那么，在我最茫然的视觉里有无数细小的孔透过时光
在成年时能看到恍若隔世的风景，在往事的下面
透过星星明亮的小洞我只需冷冷地一瞥
也能哼出：那就是岁月！

我曾经用光头唤醒了一代人的青春
驾着火车穿过针眼开过了无数后悔的车站
无言地在香气里运输着节奏，在花朵里鸣响着汽笛
所有的乘客都是我青春的泪滴，在座号上滴向远方

现在，我看见，超过鸽子速度的鸽子，它就成了花鸽子
而穿过书页看见前面的海水太蓝，那海边的少年
就将变成一个心黑的水手
如果海水慢慢起飞，升上了天空
那少年再次放弃自己就变成了海军
如同我左手也放弃左手而紧紧握住了魂魄

如果天空被视野注视得折叠起来

新月被风吹弯，装订着平行的海浪

鱼也冷酷地放弃自己，形成了海洋的核

如果鱼也只好放弃鳃，地球就如同巨大的鲸鱼

停泊在我最浪漫的梦境旁边

**原载《今天》2007 年秋季号**

# 家

食　指

五十多岁才有的家

**——给寒乐**

雪夜归来，开了门，家中暖融融
拉开灯，光线很柔和，心头一明
拍打去身上的积雪，脱掉外衣裤
感到外衣罩裤上寒气很重

老伴忙着用电热水壶烧开水
我感到冻僵的脚趾尖火辣辣地有点疼
但换上在家穿的棉靴后，很宽松
走了几步，点上烟，才在沙发上坐定

直到水壶有了甜滋滋的响声
觉身上发热，我想脸一定通红
夹烟的冰凉的指尖有点发痒
暖意使疲惫的我，一动都不想动

水烧开了，老伴为我沏好茶
我专注着茶叶在杯中起伏飘零
心随叶片一片一片地沉下去

房间内只有钟表嗒嗒的响声……

多好的心灵滋养和体力康复
我深感到劳累后彻底的放松
掐灭烫手的烟头，喝上一口茶
从里到外，透着自在从容

已不再记得寒风中的瑟瑟发抖
也不回想雪夜里的摸索独行
暖暖的家中品着茶，却分明在听
窗外一阵阵呼啸而过的寒风

**原载《钟山》2007 年第 1 期**

# 半夜，观看一个找不到家的醉鬼

王小妮

那个人像毛驴扑腾着向上。
对面整栋楼道里的灯
紧跟着上楼的醉鬼
一层一层发出光。

他停在最高处的某个角落
更多的时候，他都安静，整栋楼都是黑的。
他呼喊一声
楼道给他半分钟的光亮。

那个找不到家的人
以为跑步能上天堂，其实不是
他以为跑步能上地狱，其实也不是。
只有像个登高的游魂，安静着。

另一栋楼上，另一个黑暗的窗口
蜷在和醉鬼相应的高度。
我向前方连喊了三声

满屋满屋的灯

谁也不肯给我亮一下。

原载《中西诗歌》2007 年第 3 期

# 直呼其名吧，泪水

王　寅

直呼其名吧，泪水

直截了当的呼唤，不会使泪水

夺眶而出


别害怕说出，这生活早已让我

无动于衷，痛苦早已习以为常

害怕不会消除积存已久的心事

害怕不会使青春在穷街陋巷疲于奔命

害怕如同生活不是职责

但却时时存在


直呼我隐藏已久的一面吧

阳台面对无树的街道

书上满是露水

让我在辞世之前

继续在穷街陋巷疲于奔命


直呼其名吧，春天，为了这不死的季节

流亡，直呼其名吧，流亡已成命运

内心的放逐和躯体的流亡融为一体

和悲伤的时间作最后的吻别

**原载《今日家庭报》2007 年 6 月 6 日特刊**

# 天　上

小　海

几千米的高空中
从云层之上的
飞机舷窗看出去
天渐次黑下去了
这时候地面
是否也一样的黑
天上地下是否是同时黑下去了

亲亲做梦的人
如果这时候我在远天远地做梦
梦见你是多么正常
就像运行中的地球
它的另一半
正好遮住了这一半的光亮

原载《诗潮》2007 年第 5 – 6 期

# 独　行

邹静之

这世界被众人的手连接

我们包围了天堂

在远一些的地方

在中心相反的冬天

更高处，我看见

你在以往的日子里站立

相异于拖着衣袖，谈笑而过的古人

他们高声话语没有说给孩子听

我依旧那样，一个行窃的人

在圣贤的集市上，踽踽独行

原载《特区文学》2007 年第 3 期

# 哀 悼

**耿占春**

你的躯体那么轻，由一阵光构成
疼痛已经远去，穿过最黑暗的门缝

连同你常穿的黑衣服，镶红边的黑披巾
你的身体成了风。灵魂的行装

如此简捷。从一只蝴蝶的梦越过
全部的行程。焦虑拐弯远去了

你已经和自身分离。名字，身躯，梦
书页里的文字，散落于人群的记忆

你只是部分的死，我只是部分的活
迷路的灵魂，穿过街上的人群

说着风的语言，一个黑色的神灵
不停地回来，穿越阴暗的节日

原载《海拔》2007 年第 3 辑

# 端午的离骚

从插在门上的菖蒲

那两千三百年的高处

一滴滴

滴

进

阴沟的雄黄酒

随洗澡的百草汤

被不肖子孙泼掉了

熏蚊蝇的艾草

往事如烟


只剩龙舟抛下的粽子

一个又一个

沉入

时间的河底


吃　和一项竞技体育

使大街上形形色色的中国人

勉强记起这个节日

290
中国最佳诗歌
2007

那个伟大的诗人

在楚国是"屈子"

今天还是"屈"子

**原载《芳草》2007 年第 1 期**

# 圆明园之冬

宋　琳

湖干涸
但仍有一个太阳在湖底燃烧
古树呻吟地下
冻土块进起火星

施工者的铁锹下
帝国残片的釉色
依然青翠

数不胜数的
死去的蚌
像宫女们羞涩的冤魂
裸露了出来
而群鸦安详如太监
从远处朝这里观望着

你向湖心走去
你找着一只徒然的绣花鞋

原载《天问》2007 年第 1 辑

# 夜行火车

王家新

那是从前，当我乘坐火车时
总是不能入睡，总是在夜半醒来
在满车厢的鼾声中
看车窗外偶尔的灯火像涛声一样飞过
一个人坐在窗前，久久地
任凭窗帘拂动

现在我一爬上我的铺位就睡
随身带的书没读到几行
便从手中滑落下
似有一阵浓雾从大海深处向我袭来
无思，连梦也没有
在哐哐作响的车厢的拉动声中
像一具尸体一样被运送

而那个临窗而坐的青年仍在那里
一个人，仍怀着
人生第一次远航般的激动
我醒来看到了他

（我也许是最后一次看到他）

却在支起身子的一瞬，被一只手

从黑暗中沉沉拉下

原载《钟山》2007 年第 2 期

# 住在天通苑

杨　黎

转眼间我在天通苑已经住了三个月
我们是夏天搬进来的
当时天气好热
就是傍晚也非常的热
我独自呆坐阳台
一边喝啤酒，一边看外面
星星一颗一颗地升起
都说日月如梭
有时候它还是很慢

原载《诗歌月刊》2007 年第 2 期

# 反　面

伊　沙

童年的电影
在露天影院
因为那儿的人少
我总是坐在银幕的反面
把一部部激荡灵魂的片子看完

原载《石梅湾》2007 年 5 月第 1 辑

# 降 示

蔡天新

## 一

复活节临近，月亮碎裂了
这是一个烦难的日子

顺从私欲，众人引颈而奔
仿佛为一种魔力所驱

风暴将树木拔起，如同麦秸一般
仅仅是一个虚设的团体

人们乘坐木板和钉子的船
在神明的眷顾之下漂流

## 二

他像恶魔一样，逢人便说
"你不要信道。"

乐园的居民和乞丐
砍伐海枣，永居其中

至亲、孤儿，恐怖和淫威
像阴影投射在他们身上
至仁至爱的上帝啊
是谁把人们从平原上驱逐

## 三

一个中了魔法的人
变成了枯骨和尘土

他在自己身上安置了
两条细微的隐喻

"我要使每个人的行为
附在自己的脖子上"

"虚妄确是易灭
我和椰枣和葡萄园"

## 四

哦，看哪，你们这些树荫之下
清泉之滨，消受甘美水果的人儿

你们应当鞠躬，难道父母没有
用虚弱的精液创造你们吗

你们穿着绫罗绸锦缎
佩着镶金的首饰

还有叮当作响的银器和玻璃杯
在你们光洁的手指间递来传去

# 五

那些白皙、美目的女子
靠在分行成列的香椅上

像他们嗜好的水果和醇酒
他们的童仆轮流服侍着

"你不是一个占卜者，
也不是一个疯子。"

他们说，"你是一个诗人，
我们等待你遭遇厄运。"

# 六

临河营造的房屋
可以看到对岸的灯火

老人们反复叮咛：
截昼补夜，截昼补夜

有知识的和没知识的一样吗
从天而降的雨水渗入泥土

成为泉源，汩汩流淌
倾听言语而从其至美

## 七

他们看见天边有一朵云
向着我的头顶方向飘移

我受胎和哺乳的时间
共计三十个月。他们说：

"这朵云会降雨给你。"
我曾在尘世的白昼逗留

但我的聪明睿智
对于我的成功毫无裨益

## 九

从云中落下了雨水
沟壑便尽量流淌

有人把手掌伸向水中
以便水达到他的口

水没有。但他已经知晓
女性的怀孕和子宫的收缩

一切心境因水的波动而安宁
得享幸福、优美的归宿

## 十

你所希求的是，已赏赐给你了

我还知道秘密的和隐微的事

脱掉你的靴子吧，把手放在怀里
再抽出来，手就变雪白了

然后把那个箱子放进河里
河水会把它载到对岸

当太阳在早晨醒来的时候
我们和你大家都会赴约

## 十一

号角一响，他们就从
坟墓里爬出，奔向各自的家

他们和自己的配偶靠在床上
依照自己的行为领取报酬

用绿树造火也用绿树燃火
诗歌对于他们是不相宜的了

问题是如何使白昼脱离黑夜
使其各在一个轨道上运行

## 十二

在我们以前，许多世代已经毁灭
你听见他们发出的微声了吗

许多世代，无论资产和外观

都比我们更加优美

你曾窥见幽玄吗
它能把人提升到一个崇高的地位

如果你窥见了幽玄
你一定会匍匐下去叩头、哭泣

**原载《文学界》2007 年第 8 期**

# 老喽之三

**黑大春**

逆光中的野鸽子群，迎风泛白
像洗牌的隐身魔术师哗地从半空炫开
我，幸运到了极点
入住西山风景区最高一层住宅

一堆堆浮尸状的火烧云
在公墓上空化成灰
除了父母，佛，我平生第一次为片片
低矮的小屋顶下跪

默默无闻的大多数人，用晚报
盖住比寻人启事的照片更模糊的眼睑
甚至无暇浏览为他们祈祥的

诗篇。老眼昏花，我难以
辨认夜幕下的万家灯火，哪是
光源？电源？哪又是人间苦难的来源

原载《诗歌报月刊》2007年总第18期

# 导游图

**陈东东**

余晖佩戴着星形标记像一个错误。像一个错误吗？
还没有尽兴的爬山新手们稍歇在四望峰，
听下面云动，滂沱一场雨。
他们要去的下一个景点更在天边外。

大雨让你和他只能在山前小旅馆玩牌。
门窗敞开着，没了生意的发廊姐妹时时来探看。
雾气群羊做得更出色——从桑拿浴室里
涌进走廊，挤上双人床；
雷霆镇压咩咩的叫唤声。

借着闪电，写作者一瞥。
借着闪电我记起履历，更多旅程里我被运送着，
读别的游记：
借着闪电有人从裹挟里突出包围圈，其中一个
说"我已经湿了……"

攀登者决定把汗水流尽，
到金顶再把自己吹干或晒干。
他们后面的滑竿里窝着旧样板电影、乌云和乳房：
匪营长的二姨太发髻盘旋、盘旋向高海拔；

臭苦力肿肩，朝旗袍衩口里回望落日沦陷进地峡。

这不是诗。是累活儿。
石匠花费了多少轮回筑成盘山梯？
新来者攀上新三岔口，触摸深凿进凹陷鹰眼和
夜之晕圈的青石路标：
抵达乐园还需花费多少轮回呢？

但每一次回看像一座小乐园。
如果你打算把视线捆绑在叫不出名字的归鸟脚杆上
回看得更远，直至幽深……小乐园也许会翻转为地狱。

一天的等待就已经漫长得让人受不了。
新雨消灭旧雨，新希望成为记忆中振翅欲飞的旧幻想。
傍晚你和他终于厌倦了输赢、反复……
无聊牌戏幸好还可以变化小说：
——他打开台灯……你读《导游图》。

**原载《作家》2007 年第 10 期**

# 颤 抖

树 才

它颤抖
我跟着颤抖
大楼，我
大地颤抖
洗衣机甩干时颤抖
刚掏出的鱼内脏颤抖
被面包车撞得飞出去的
农村妇女的嘴角颤抖
我跟着颤抖
大地，我

天空颤抖
它的丝绸被闪电撕破
孩子颤抖
他发高烧已经三天
小偷颤抖
他的脖子凉飕飕
立交桥颤抖
载重卡车正隆隆驶过
废墟颤抖
时间唱着凯旋歌

心脏颤抖

死亡掐紧了喉管

我跟着颤抖

天空，我

亲人

在病床上颤抖

我跟着颤抖

我，我，我……

**原载《诗刊》2007 年 1 月下半月刊**

# 履　历

汤养宗

我不是那个汤养宗。在母亲死去当天，我的身体
就成了一桩难以处置的事，这像游戏，或者圈套
我成为谁多出的儿子，一个
不合情理的人，突然不知道，该拿他怎样
这是我的病，但不妨碍世界
我与 1959 年 9 月生人的汤养宗已没有关系
与时光中的许多连接点没有关系
他是旧的，莫须有的，锯掉的
空气已经不承认他，作为一台自以为是的呼吸器
我走在大街上，相当于无法追究的传说
这个汤养宗被我豢养着，现在
他跟着影子做事，和时间相好
现在他空空如也，是谁的巫术并且自己就是个巫术
有时摁着肚脐眼，想顺藤摸瓜
那里风声游动，恍若一座隔世的遗址
翻着遍地的石头，我想找出与蟋蟀相处的那张脸
这个恍惚的人，始终没有看见

原载《九人诗选》2007 年第 1 辑

# 光明承担了太多的黑暗

马 莉

在今天，还有谁值得我们去爱
夜晚降临，黑暗躲在暗处
照耀芳香的月亮，再次出现
面孔过滤了疼痛，深重的切口
面具，一只黑手，敞开夜晚的门
脚倒立着，思想被无数次切割
一次次返回又一次次转身
光明承担了太多的黑暗
灵魂却难以迷途知返，爱情的鲜血
躲避到来，也躲避逃离
还有谁值得我们去爱，在今天
值得用一生的时间去爱
这完美而徒劳的风景
这洁白却有毒的牙床

原载《星星》2007 年第 3 期

# 在大地上风不为人知地吹着

林　雪

这首诗写了三次。赫图阿拉
一次我坐在柜石哈达峰的
阴影中写下它。一次在木奇古道上
我跌下马。第三次我弄丢了它们
从石文镇来的女孩子说
文字要是成了精，就不再属于你
文字有自己的未来和过去

赫图阿拉！那些丢掉的诗篇
是我为你有意留下的部分
我的眼睛在天空和牲畜的复眼中
看着大地的欢乐悲苦。赫图阿拉！
我的一部分血管盘旋在你的矿脉里
我的手，一部分的头发和指甲
沉积成钙，混在你的尘埃里

我留下一部分脚，好一直走在路上
我一边走，一边和广大的你相遇
我留下我的口语，用坡地上的叶子
做成纸和本。我留下我甘愿
解散的部分。我留下我的眼神

手势、声音。我留下
一部分命，一部分的生死

我留下我的一部分精神。她在你
周边游历着，向中心浸润
我留下我的一部分气息

在广大的地方风不为人知地吹着
而小米，房屋和孩子都睡了

这是我在东州区碾盘乡听到的故事
一个女人，爱过三次。赫图阿拉啊！
第一次她青春年少
如此惊世骇俗。第二次她丰润美好
以为最纯洁的爱已经找到
第三次她美貌尽失，青春不再
诀别时，只有沉默。只有
在广大的地方风不为人知地吹着

**原载《诗刊》2007 年 6 月下半月刊**

在大地上风不为人知地吹着

# 情人的脸

海　男

像是从麦芒似的季节中
被微风吹拂开了一道窗扉
他激烈的措词中掩饰住了一种锋芒
只有他温柔时，那座山拥有了春天

抱一抱我的双臂，它只可能垂直下来
像是垂落在你面前的藤蔓
它们尽可能地不舞动，也不尖叫出声音
因为它们负载一生的使命已经拒绝过你

像是糖果中最甜的一种引诱
我来了，我已经搭上了空中的航班
而你的脸，为什么在万顷麦穗中消失
像是一种暗语，将我展览于荒凉之上的码头

原载《芳草》2007 年第 6 期

# 一座摩天大厦主要由什么构成

邰　筐

一座摩天大厦主要由什么构成
钢筋的骨架水泥的肌肉立邦漆的皮肤马赛克的额头

这些还远远不够，还要有
大都市的背景工商业的传承纯物质的标签后现代的造型

这些还远远不够，还要有
一架电梯模拟人间到天堂的路径

这些还远远不够，还要有
一根天线连接着上帝的神经

这些还远远不够，还要有
一只老鼠钻进它的胃里冒充警察

这些还远远不够，还要有
两只野猫在它窗外冒充幽灵

这些还远远不够，还要有
五百块后工业的玻璃折射落日的光辉

这些还远远不够，还要有
五百个坐便器连着楼下的粪坑

这些还远远不够，还要有
五千个避孕套塞住下水道出口

这些还远远不够，如果没有
一挂窗帘上演生活的皮影

这些还远远不够，如果没有
一扇防盗门守护你的梦境

这些还远远不够，如果没有
一只猫眼替你睁大窥视的眼睛

这些还远远不够，如果没有
一个摄像头对准你隐私的背影

这些还远远不够，如果没有
两三个保安在你灵魂的小巷里盯梢

这些还远远不够，如果没有
无数盏路灯照亮通往乌有之乡的路径

这些还远远不够，如果没有
一把钥匙打开所有欲望的锁孔

这些都远远不够啊，如果没有
一座城池摇曳岁月的霓虹

一座摩天大厦就像，来自远古的巨神
被疯狂的人类施了魔法

它所承受的比钢筋、水泥还重的
还有贪婪和无耻，我们无休止的疯狂、挤压

我真担心，有一天它会突然醒来。想走动走动
"看啊一座移动的大厦——"，那将是多么可怕的事情

**原载《行吟诗人》2007 年卷**

# 打工妹回乡

陈衍强

有的带着现金

有的带着活期存折或卡

有的带着夹杂方言尾巴的普通话

有的带着《知音》和《江门文艺》

有的带着话费余额只剩 3.7 元的手机

有的带着美过的容

有的带着牛仔裤绷紧的下半身

有的带着洗头的手势

有的带着一发不可收拾的毒瘾

有的带着难言之隐的炎症

有的带着办农家乐的想法

有的带着嫁矿老板的迫切心情

有的带着广东黄脸婆的老公

有的带着不知谁才是亲爹的小杂种

有的什么都没有带

**原载《人民文学》2007 年 11 月青年作家特大号**

# 旋　涡

李龙炳

寻找一个人真不容易，寻找一个人的背
　　影也不容易
寻找一个人转过身来更不容易。
可以找到一只手，一只手握住的东西可
　　能是一个人的全部
可以找到一张嘴，一张嘴说出的东西可
　　能是一个人的全部
时间总是在浪费着一个人，让一个我们
　　要寻找的人
变成了我们不寻找的人
时间总是在浪费着一个人的背影，让一
　　个我们要寻找的背影
彻底消失在记忆中，既不属于过去，也
　　不属于现在
更不属于未来。
只有我们苦苦寻找的那个人在我们面前
　　转身的时候
时间才会慢下来，甚至会停止在某一瞬间
时间可以停止在一只手上，一只手张开
　　可能就是我们的爱情
时间可以停止在一张嘴上，一张嘴说出

可能就是我们的命运
时间会在一个人身上慢下来，时间也会
　　在一个人身上停下来
时间甚至会在一个人身上倒流。只有时
　　间倒流的时候
我们才会真正醒来
我们才会清楚，我们就是我们要寻找的
　　人，我们应该
转过身来，应该回头

原载《花城》2007 年第 3 期

# 月亮山岗

许　强

打马走过月光茂盛的山岗
满山青草呼吸的声音，一次次令我忘魂迷醉
谁在今夜流泪，谁就是诗歌永远的心上人

灵感犹如内急的电流，使你慌不择路
透过一支笔，你大口大口喘气
在今夜，每一行诗都是硬骨头，可挑千钧之重
我身上溅满鸟声，握不住春天，走远的翅膀
今夜谁与我目光对流，谁就是我今生的情人
风一次次这样温柔地吹拂
许多埋藏在心中的花朵相继开出忘忧的蜜蜂

看月光汩汩流进我的双眼，潺潺绕过精神之园
我想到人的一生生命之轻，犹如一片落叶
被某种很轻的情绪击得　如尘如烟
想象月亮涌出的泪水尽头，握着的名字依旧温暖如初
她临窗的倩影像许多年前的泪水一样涌了出来
她的每根睫毛下面都埋藏了一颗玫瑰的种子
在这个月光茂盛的山冈，每根睫毛都饱含委屈
悄无声息开出了芬芳扑鼻的鲜花

一位诗人，在月光隆起的山冈后面。让一种
怀旧的情感，缓缓从脉搏流过
掌声如梦　一些飘渺的文字像
清晨的晓雾静静散去……

**原载《文学报》**2007 年 9 月 28 日

# 真实的影子

张守刚

我将我的无所事事
强加在这条人多势众的马路上
我相信我的孤独
没有一个人来注意
道路的长使腿脚酸软
它轻声地唠叨不停
让我此时唯一的愿望
摇摆不定
想找个地方坐下来
却又战胜不了自己
这个黄金周的黄金时间
我无意将它浪费
只是浮躁不安的内心
一时无处安放
回过头看看自己
在这个下午的影子
它似乎比我本身
更加真实

原载《行吟诗人》2007 年卷

# 哈尔盖火车站

梁积林

哈尔盖，哈尔盖
一根铁路的横笛
我的一道血管。从
甘肃，流到了青海

我爬上我血液的浪尖。看
一只老鹰落在了一座俄堡上
像是一小团黑夜，踩在了
落日的肩头上

原载《绿风》2007 年第 1 期

# 落　日

吴昭元

水银从山坡上默默地走下
一头老牛于不安中少了盐分
村庄渐渐失去了体温
画册在一溪流水中丢失

黑暗来临之前
古屋瓦显得灰沉
大地空旷
压得我的胸口隐隐作痛

一个呼唤你的孩子离家走远了
在哽咽与追赶中
脚下的风从一轮明月处吹来
像是另一个世界打出的旗语

原载《花城》2007 年第 4 期

# 在察布查尔大街上边喝边走

贺海涛

和锡伯族诗人畅饮正午的玉液
手拎酒瓶
说着笑话
晃晃悠悠
走在察布查尔的大街上
即兴口出如火的诗情
滚滚的大渠
流淌了百年的伤逝
从沧桑中辉映着英雄的气概
今日的白杨林
高挑着伟岸的风仪
无论风怎样吹过
察布查尔的脸庞都那么平静偶露欣喜

原载《阿克苏文艺》2007 年第 1 期

# 火车车窗

黄玲君

火车车窗的神奇，在于
除了你，其他的一切
都在动
窗外景物正飞快地离开，焦急地
趋向和你相反的方向
像赶赴某场重要的约会。仿佛总是离你最近的
东西，离开的速度
也最快。譬如那些铁轨，蜿蜒的
蛇一样冰凉，闪着光亮
飕飕地，仿佛会飞起来。还有
那些大的小的树冠。似乎眼下存在着
某种巨大的危险，促使它们脚不着地的
跑开。只抛下你自己
你抬起头，那些白云，过往缤纷
如影随形，仍然不离不弃紧紧地跟随
使你感觉到慰藉

原载《中西诗歌》2007年第2期

# 沙 漠

简 明

只要触摸，手掌就会干裂
只要眺望，视野就会燃烧，害下相思
心跳就会加剧，头发就会飞起来
贴在天上

像羊群散居在草坡，乡愁散居在云端
它们从未真正进入地球的内心
河流将沙子均匀地分布在河道两岸
正如细碎的幸福，遍布人生

一粒沙与另一粒沙，相距甚远
风让它们奔跑，飞翔，却不能使它们
团结起来，把雨水留下来

时间的逝水，让它们洁身自好
并且让它们学会反省：一粒沙
无论如何，也长不大，长不成沙漠

原载《绿风》2007 年第 3 期

# 虚无的寄托

谢 瑞

东海子无水
西海子，也无水
麻雀去了新疆
我的乡亲还留在那里
顺着葫芦河向下
那些高高挂起的求雨幡
像一条条受伤的舌头
在七月无力地招展

这些海啊
风掠过它们时的声音如此嘶哑

原载《黄河文学》2007 年第 3 期

# 伊拉草原

田中祥

此刻的天空原来可以如此靠近
蓝的、白的色彩，在迪庆
我看见的草原原来可以这样宽阔、无垠

格桑花还未开透，它的热情藏于火苗的梦里
青翠的草叶，一直铺到雪山的脚下
高山成群，顶着几块白雪

那些从伊拉草原慢慢走向雪山的人
他们衣着朴素，皮肤干涩
心藏佛经、酥油，天河的水，洁净他们的灵魂

面山而坐，平静的湖面
依次呈现童年的梦、天空和雪
它们随草尖徘徊，铺展闪动的视线

发亮的水珠，冰凉，略带白云的色彩
它们滚动、随缘，像佛珠结下的善

牧歌高昂、清亮，一把马头琴的天堂
草原舞蹈的腰肢，被牧马的少年

别在了一束格桑花上

远方被雪山包围，我被辽阔包围
在迪庆，一个下午的停留
草木之心，匍匐在地的不只我一人

原载《阳光》2007 年第 6 期

# 崂山看石

赵首先

走进崂山
再往深处走
就走进石头了

走进石头
再往深处走
石头就好看了

远古的质感
比冰要冷
黑色的光
不闪烁纹理

神经的手掌
来接一声惊雷
血肉之躯
来碰一次壁

看一块石头

容易

懂一块石头

不易

原载《中国诗人》2007 年第 2 卷

# 正如一块手机电池

**宋雪峰**

"先生　请您记住

您电池的浮电用光后

第一次充电

一定要充够 12 个小时"

这个声音很甜　很温柔

我的手机

已不知道更换了多少次了

但每一次更换

我都能记住这个

动听的声音


她态度很认真

她不厌其烦地叮嘱我

一定要保证电池充电的时间

这样才能把它蓄电量　完全

打开　激活


打开　激活

我可敬可爱的少女

你知道吗

你虽只是从单纯的技术角度

轻松说出了这四个字

但对于我沉重的人生

却是做了多么恰如其分的比拟

是的　人活在这世上

正如一块手机电池

终日在无休止的漂移中消耗

因此　我必须虔诚地听从那位好心少女的话

在每每受尽煎熬的间隙

及时地填充　激活自己

以承受

那纷杂岁月的消磨

**原载《诗刊》2007 年 2 月上半月刊**

# 时 日

陈陟云

总感觉是站在悬崖之上，孤独得
连自己的影子也无法留住
以花瓣般的手指
引领众多迷失方向的河流
却一直迷失在河流之中
四面承风必定是一种常态
像鹰一样俯瞰
却无鹰的翅膀


把风月无边的剪影，贴在玻璃上
让关闭一生的窗户细细感受雨水的哀伤
已无从分辨谁人的跫音渐行渐远
最后的时刻到来之前
一片苦心，依然未能穿越一本书的情节


多么希望听到一句来自黑暗内核的话语
"活着是一种负担
而死亡却使负担更重"
暖暖，闪耀着火焰

点燃独自流下的泪水

然后把自己深锁在一朵花中

随花，绽放或者凋萎

**原载《中西诗歌》2007 年第 3 期**

# 行走在江南西

赵万东

当历史上的那一声枪响
遭遇 KTV 包厢的声浪
摩天眼已从大不列颠悄然而至
再没用
坚船利炮的掩护

大山深处，日光灯下
打烊的小老板大模大样盘点着
红米饭南瓜汤的收益
各个哨口都贴满了"禁带火种"的告示
月黑风高的忧虑
完全可以从成本中剔除

飞机制造厂附近
航天器的胎盒还散发着热气
一头水牛悠然踱步
啃啮着永不枯竭的时光
无须计算长途跋涉的劳苦
邻居家的疆土　就在
百米开外

风停雨歇

一对度蜜月的游客

面对亿万像素的摄影机

正从美庐的窗口

向外张望……

**原载《作品》2007 年第 5 期**

# 查干湖恋歌

焦洪学

母亲的血脉
以及白鹿之乳
孕育成你少女般
白皙圣洁的躯体
静卧在
古老神奇的郭尔罗斯草原上

涌绿簇红的夏季风
从遥远的科尔沁
和呼伦贝尔吹来
鼓荡起你的柔情
大玉儿的柔情
母亲的柔情
和白鹿的柔情

鱼在你的血液里
闪动穿梭
水草从你的每一个毛孔中
向上生长
水鸟用温情的翅膀
拍打着你的肩头和胸膛

把你骨子里的温馨和慈祥
以及千年不息的爱情
传唱
一只苍狼
曾经伫立咆哮过的青山头
一位大汗
曾经杀牲血祭过的青山头
高耸起你青春的乳峰
向世人诉说
你美丽的女性色彩
来自古老的彩陶气息
来自沧海桑田的久久相思
昭示着少女的春情和渴望

暖暖的风柔柔的雨
金色的日光乳色的月光
穿透天蓝色的山岚
穿透远古的风云
不舍昼夜地
亲吻你柔滑的肌肤
激荡着你羞答答的梦想

是由于
你的美丽你的柔情
还是由于
你的沉静你的苍茫
我怕我的粗心和呼吸
惊醒你脉脉的情熵
打乱你细细的思量

只能在远处的山脚下

像亲近母亲

崇拜苍狼白鹿的图腾一样

恭敬地呵护着你

卑廉地顺从着你

今生来世都可能无任何收获

也愿痴痴地

为你守望

守望

**原载《诗刊》2007 年 2 月下半月刊**

# 过建瓯

丁宗皓

漂着江南落英　江南的河流
从车窗的右边涌来
又倏然从车窗左面远去

像一段爱
像此刻的江南的雨
我想在这时伸出手去

雨
让我想起一个人
就像北方的雪
总是让我想起一段旧事
那曾经的一切其实还在我的心中走着
就像火车碾过已锈迹斑斑的铁轨

久违的热泪
在眼角弥散成秋天里的江南
在四十岁的旅途上
我的心仍然是一处等待成熟的橘园

当雨滴斜斜地落满玻璃

那后面的我还是无法辨认自己

原载《鸭绿江》2007 年第 10 期

# 我只能轻易描写这朵芦花

叶世斌

在马齿苋，野菊护送的
白土路边，在芦苇和椒树
围抱的木屋旁，一只鸟的
翅膀掠过，一朵芦花开始飞翔

这时垂柳比古代的更加
低缓，比我们想象的更有
深度。偶尔一个橘子在枝头
晃动秋天的睾丸。芦花飞扬
就像秋天面部移动的

一颗雀斑，像另一只鸟
比鸟温柔，比雀斑明亮
它最像的还是芦花本身
但它比芦花自由，轻松和迷茫

在秋天，在这片风水清纯如处女
柔弱似芦花的地方，一只鸟的
翅膀挑起的芦花，贴着大片的
马齿苋，芦苇和垂柳

飞翔，仿佛秋天按捺不住的
心思，抓不住的一条线索
我只能轻易描写这朵芦花
它的意义我无法说清

**原载《十月》2007 年第 4 期**

# 广州东站

李尚荣

是广州东站结束了我与广州的距离
出了站我便到了广州城里
一只游荡的蚂蚁。渺小得无所谓生命
有时候我忧伤得想到了地狱
我不知道它是出口还是入口

涌动的人流等不及我的行走
我站在出口茫然，
忘了来路又失去了目的地

原载《星星》2007 年第 6 期

# 一湖秋水

钱万成

入夜，一湖秋水
摇动着点点星光
芦苇在晚风中瑟瑟发抖
这景色有点凄凉

我站在湖边
望着城市映在水中的倒影
心是那只掠过天空的鸽子
又飞回放牧童年的故乡

那是同样的一湖秋水
也有大片的芦苇在风中摇晃
野凫惊飞
天空在战栗
显得愈加空旷

收获的季节
到处都弥漫着稻谷的香味
兴奋的不仅仅是大人孩子
还有拥挤在乡路上的大群牛羊

在那个夜晚
只有我心中装满苦涩
我是那湖秋水的守望者
目送一条木船
穿过草丛
划向远方

**原载《诗刊》2007 年 8 月下半月刊**

# 真正的遗忘多么艰难

雪　莹

不曾羡慕天空

我的云儿飘在心里

不曾嫉妒飞鸟

我也有静静游弋的双鳍

只是依恋这流动的韵律呵

这透澈　清凉　或缓或急


狂风始于哪里

岸又怎样消失

涸泽之鱼　谁来教我

用退化的鳃呼吸

这没有泥沙和藻类腥味的空气


可以忍痛　微笑

也可做无邪状篱下采菊

只是那汤汤的水声犹在耳畔

潋滟的波光挥之不去

就像你可以掐灭一朵花儿

却无法阻止花香的四溢

真正的遗忘多么艰难

却又多么必须

原载《中国诗人》2007 年第 3 卷

# 我 们

马笑泉

我们都曾追踪过真理

用孩子稚气的眼睛

照亮墙

那冰冷而神秘的面容

我们都曾碰撞过墙

渴望进入

或毁灭

可如今只剩下逃避

我们都曾有过雄狮的未来

可如今全变成了蚂蚁

忙忙碌碌

只不过为了墙角下的

一个洞

原载《文学界》2007 年第 5 期

# 亡妻葬礼

孙文涛

我把永不腐朽的土地覆盖到你身上
永别了，我一生中最可珍贵的时光
黄色的泥土粘住了我的手，我的铲
我的喉咙和目光……

我将从这里宁静地走去
跟着你，登上前面的一道山冈
你用沙哑的声音对我说：
"什么都是最后一次了
你喜欢傻看的蓝天
阳光里沐浴着透明的雨点"

——"多么透明而美丽呵！"
我也最后一回赞叹
忘掉了
我是来参加埋葬什么的……

原载《绿风》2007 年第 1 期

# 一本旧小说

严芝强

从旧书摊淘回一本旧小说
书的 279 页
有五道重重的折痕
还有一朵干枯的小黄花
和几点烛泪
书里的月光很柔
地上有许多碎银
风也很清
轻轻地吹着萤火虫的小灯盏
那位很有涵养的小姐
此时此刻为了一段情
用刀片和动脉亲密交谈
夜风中一朵睡莲
静静睡去

我从故事里逃了出来
又陷于一个谜里
这里曾经有五个人来过
或者更多

而且都各怀心事

也许其中的一位
走到这里突然灯黑了
风夹着雨丝从窗户飘进来
丝丝凉意渗入肌肤
她呻吟了几声
也许另一位
在春天的日子走来
沿途开满了鲜花
还有一位
……

有一天
摆书摊的老头告诉我
那本旧小说是城西一位女孩的
不知为什么她跳进了城外那条河
哎真是心比天高命比纸薄

从此以后
那本书就搁在书架上
再也没有打开过

**原载《红豆》2007 年第 10 期**

# 一枚又干又瘦的橘子

宁 明

一枚又干又瘦的橘子
内心，只剩下孤独！
它鲜亮的时候
曾把我们的爱情滋养
但有滋有味的日子
总是少得可怜！一枚橘子
"注定熬不过时间……"

我常常依靠想象，打开
它孤独的内心
但我不想用这枚橘子
来比喻一种人的命运！

原载《新城市》2007 年总第 16 期

# 我的眼睛有了特异功能

贾平凹

我生了一场大病

病好后却产生了特异功能

我能透过衣服看见人的肉体

我能透过肉体看见人的心肺肝肾

这功能使我异常兴奋

我可以比任何中医西医高明

我可以比任何仪器都能诊断疾病

人们那时多么欢呼我呀

说我是华佗再生

我也自感到我活着的重用

我得意地在大街上走

我希望为所有人解除苦痛

对那些熟悉的陌生的

我看见的再不是笑笑的面容

我看见的再不是窈窕的体形

我看见的再不是漂亮衣服项链戒指眼镜

看见的人都不健康

不是坏了这个部位就是那个部位

看见的全不是人

是一群骨骼来去匆匆

我相信我的一片真诚

我相信我眼睛的功能

但我对着所有人指出他们的毛病

说得多了他们却说我犯了神经

外边的人讥嘲我

连我的父母妻子儿女也对我疑心重重

他们照样无动于衷

生活得更心安理得更大方雍容

我倒成为一个小丑了

说这说那是饭碗中的蛆虫

我再在大街上走

我就再不敢睁着眼睛

夜里睡觉也尽做着噩梦

我从此再也不敢出门

与家人也分居了单身独影

可我毕竟还是人呀

我只有在人与人之中才能存生

我竭力想交结三朋四友

但人们一见我就避

骂我是疯了成心捣乱人生

我的门窗被人贴上了咒符

我的房子四周也被插上了桃木楔梗

当我再一次在大街上出现

立即所有的人在喊：

"让他永远不要看见我们

挖掉他的眼睛！

挖掉他的眼睛！"

原载《诗选刊》2007 年第 5 期

我的眼睛有了特异功能

# 费城的自由钟

熊召政

这口钟在等我，但我知道
我无法用窗外的五月，那些青
那些红，那些枝头跳跃的阳光
来修补你的裂缝

华盛顿、林肯……
他们的睿智和激情，都曾成为你
裂缝的充填物

我也不能用来自中国的忧患
重新让你洪亮
但我万里而来，并不是为了聆听
你的沉默

两百年前，一块法兰西的铁
铸造了你，渡过大西洋的惊涛
来到美利坚的土地上
呼唤自由

然后你产生了裂缝，这是因为
两百年前欧洲的工匠

还无法完全理解
自由的含义

然后你被摆进了博物馆
成为了文物，让所有的人
在栏杆外，看你的裂缝

你在等我，我应约而来
我知道你要告诉我
真正的呐喊，只需要一次

**原载《星星》2007 年第 3 期**

# 那句话

陈应松

是的，别说，那句话，别说
既出口，就是真的
不是谎言，不是呓语
不是卑鄙的掠夺

它不是一朵花，衔在嘴边
它是心跳，极私密的角落
它是感觉，是一种
呼唤同类的声波
是对视中默然的倾听
是心灵的互相抚摸
是一次冒险的宣言和诉说

如果，如果风传入你的耳膜
如果只能让你一笑
可是一个人，从此
闯入了你奇异的生活

原载《特区文学》2007 年第 5 期

# 京东偏北，空港城，一只松鼠

邱华栋

朝露凝结于草坪，我散步
一只松鼠意外经过
这样的偶遇并不多见

在飞机的航道下，轰鸣是巨大的雨
甲虫都纷纷发疯
乌鸦逃窜，并且被飞机的阴影遮蔽
蚱蜢不再歌唱，蚂蚁在纷乱地逃窜

所以，一只松鼠的出现
顿时使我的眼睛发亮
我看见它快速地挠头，双眼机警
跳跃，或者突然在半空停止
显现了一种突出的活力

而大地上到处都是人
这使我担心，哪里使它可以安身？
沥青已经代替了泥土，我们也代替了它们

而人工林那么幼小，还没有确定的树阴
我不知道我的前途，和它的命运
谁更好些？谁更该怜悯谁？

原载《诗歌月刊》2007 年第 8 期

# 粗　话

黄　梵

街上的粗话，有时会从背后
追着心里的痛，会让我一下变得挺陈旧
我像梧桐，似乎无法迁徙
是平庸的生活，让我把脚步停住——

一对情侣的亲昵粗话，让我产生了信赖
原来可以用黑暗爱一个人——
藏在黑暗里的甜
更新鲜，也更强烈……

他们的粗话，几乎称出我初恋的成分
那年，优雅成了初恋中的距离、寒气
我和她，除了优雅什么也不做——
当年闪闪发光的初恋，似乎就缺少这么一点黑暗

原载《山花》2007年第10期

# 一个老外在南宁的思念

黄土路

这个清晨没有鸟啼
他坐在德克士
靠窗的位置上
窗外：
风
绿树
呼啸的阳光
一个忙碌的早晨

透明的玻璃
使路过的姑娘
不断侧目
他酷毙
而且帅呆
十分钟
他吃完香鸡堡
开始想到丽丽·琼
他妹妹的同学
他的女朋友
他由此吃下忧伤的薯条
和脆皮炸鸡

并且

连变凉的玉米糖水

也不放过

放下杯子

他的目光越过了

街道

在绿树上方徘徊

俄顷

他停下咀嚼

嘴里吐出一串鸟语：

我想念，伦敦，有雾的早晨……

**原载《红豆》2007 年第 5 期**

一个老外在南宁的思念

# 急需除存在主义以后的哲学拯救

春　树

也许对于所有的人

都应该原谅

也许应该

原谅所有的人

也许应该

就连所有没有发生过的罪孽

一起打包原谅

边原谅边遗忘

才能轻装前进

才能活得心安理得

但我无法一个人做到这些

我需要哲学的拯救

存在主义就像我用过的药渣

已经不管用了

原载《诗歌月刊》2007 年第 9 期

# 伤口的肉

### 李傻傻

伤口的肉在某个时候开始腐烂

离伤口稍远一些的肉

还暂时红润着还没有腐烂

那是因为时候还没到

时候到了

再远一些的肉也会腐烂

试着撒上点加速腐烂的药

伤口的肉腐烂起来就会快一些

没有见到骨头是因为腐烂得还不够快

腐烂快了就会见到骨头

见到了骨头

伤口的新肉就长出来了

原载《特区文学》2007 年第 4 期

# 我的春天的到来

你的到来，其实是回顾
每一个春天的青峰绿岭
我登上后，却回首看
那一脉绿色的昨日之山
惊讶于今天更鲜绿的松杉

一枝老古松斜探着身子，向
深谷中凝视，扎根在悬崖，却
无畏无惧，以如此的坚毅
将古老的身躯探向未来，因为
每一分钟的现在都系于未来

我的春天就是生命之动，动
在江河湖海
在生命的高空，与孤鹰同飞
在峰谷与群猴嬉戏
在深海与鱼群出没于珊瑚

那每天有形的起居活动
是雨后投向山群前的幻景
春夏秋冬是一页页的日历

它们的存在是为了不存在，唯有
那不可见的人的心灵足迹，长存

**原载《人民文学》2007 年 3 月诗特大号**

# 看　海

那一年，我三岁
父亲带我去看海
我惊悚于它的浩瀚
畏惧它磅礴的膂力
不敢走近它
怕它舐我的脚丫
沙滩上
它送我一把把彩色的石子和贝壳
我给它一串小小的脚印

十年过去
又来看海
仍然是如雷的涛声
仍然是飞旋的水鸟
海以翻着跟斗的浪涛和我戏耍
亲昵地拥抱了我
让我看它潮汐的激情
又使我猝不及防地呛水

排浪打来海草和船板
引我遥想比云更远的远方

370
中国最佳诗歌
2007

夜夜使我有彩色的梦和
悲喜剧的遐想

转眼六十年过去
又到海边
仍然是咸的风
仍然是洁净如盐的空气
当年的标灯仍那样年轻
当年的浪花仍没有凋谢
只是父亲早已离世
牵着我手的是我的孙子
海一次次站起来
凝望我和我寒暄
让我看朝霞的绚丽
感受落日的悲壮
又让我看千帆外的粼粼细浪
经历暴风雨的严酷
使我认识自然的奥秘
生活的复杂
和人的生命的位置

我打开自己，请它
洗净我身上的污垢
冲刷我的骨节
检验我的灵魂和肌体
只听它一次次
反复怜爱地呢喃
哦，骨头仍然是坚强的，像礁岩
心仍然是纯净的，像星星

血仍然冲撞着燃烧
只是周身多了伤疤和皱纹
风霜雨雪早已凝成白发
流年碎影
兀自闪烁在灰烬深处
沙滩上
风吹过一只空螺
如一则寓言
发出当年的回响

风吹了十亿年
日晒了十亿年的大海呵
感谢你的昭示
使我的生命成为真实的生命
只是我再无法推开昨天的门
重新进去
再经历一次人生
只能和时间一起
站在海边张望
在远海层层波浪后面
在千秋不改的涛声中
才能找到我的童年
和父亲的影子
以及埋在漫长岁月里的
欢乐和痛苦
游在那儿
像一条寻梦的鱼
沉在那儿
像一只沉思的锚

浮在那儿
像一盏孤寂的爱幻想的标灯
日日夜夜不息地闪亮

**原载《文汇报》**2007 年 10 月 21 日

# 北纬62°的木教堂

邵燕祥

八月尾的绵绵秋雨
最后的雨，土黄色的雨
把粗犷又精细的木教堂
从头到脚濡湿了

告别这需要仰望的百年教堂
还有百年钟楼，我们走后
这里就将下雪，下雪，下雪
直到漫没了所有的道路

在这边远的基日岛
在这北极圈的边缘
零下50度的严寒，雪深一米的地方
人们怎样过冬啊

从古以来就有人在此生活
夏天的白夜后是冬季的长夜
古老教堂中围绕着炉火
促膝听布道，在1937以前

1937以前的冬天，弥撒散去

教士踏雪走回对面的楼舍
那楼舍还在，最后一个教士
在 1937 年被杀死了
强迫的热爱不是爱
强迫的信仰不是信仰
强迫遗忘的会刻骨铭心
强迫牢记的转瞬即忘

原载《中国诗人》2007 年第 3 卷

北纬62°的木教堂

# 人淡如菊

绿　原

## 1

当我年轻的时候

在生活的海洋中，偶尔抬头

遥望六十岁，像遥望

一个远在异国的港口

——望得见吗？它在

哪里？咳，慢说那个

港口望不见，连明天也

远在天地。明天的太阳

又亮又暖，可惜现在

照不到我们，我们必须

等待它，甚至没有时间

来等待。我们只看得见

今天，我们只有

今天。我们只能为

今天而发愁而喘息

而存在而狂欢——

今天就在眼前，我们必须

先对付它，那么，让我们

先到八塘去——

唱着歌，一支灵魂之鸟的歌
先到八塘去！
你说那里有——
可别骗我，是不是真有
一顿丰盛的晚餐？

## 2

紧紧抓住了今天
我们不过是诗人：
诗人不过是昆虫，二者
最懂实用主义。
昆虫有千种万类
诗人的种类还要
多得多：让我们两个
且做两个
除了自己别无同类的
会写诗的昆虫吧，

靠露水
活着，否则
吃自己的尾巴
活着，再不济
吃诗活着——
我们边写边吃
一首首像一颗颗
从天上掉下来的诗
一首首像一粒粒
比冰凌更甜的诗
一首首像一枚枚

五颜六色如毒菌
好看不好吃的诗

于是我们饥饿
我们恐怖
并在饥饿与恐怖的
交迫中玩着
诗人的游戏：
要从
火坑里栽出
一盆水仙来！

## 3

刚学过三次
拿大顶，就变成
一个荒诞派；
刚听过两回
十面埋伏
就自以为懂得
人生的险恶和
拼搏的悲壮；
就急于去
实现幽默命运
用以诱人又
不许人有的
梦想——
可笑我更幼稚到
骄傲生活如
风景：第一，

走在阳光的踪迹里；第二，

大声讲话；第三，

写着诗……

想不到转眼风景

一块块破裂

如彩色的玻璃

一股股凉下来

如热的血

一串串醒来远不是早晨

如噩梦……

# 4

难怪昨夜

落星如雨

荆棘在燃烧

呼啸的火光照出

人心一颗颗蹲着，如一座座

饰彩的地狱

天真的歌手昏厥

于温柔的冰窟

迷途的候鸟退飞而

撞死在透明的岩壁上

冤魂在沸水中

如鸡蛋在哭泣……

我不得不和你

分手，从咫尺一步走到

天涯，天涯就是

天之涯，我才知道

什么叫做

别离；两颗曾经

以 Y 字形光痕邂逅

于太空的陨石而今

呈 V 字形流散

然后是黑暗——

我如一个盲人

凝视空洞而坚实的黑暗

达二十年……

## 5

……你终于从黑暗中

浮现出来，如几亿光年以远

越远越暗越恒久的

一颗重新被发现的彗星

恍如隔世又

风采依然

还是那样凝重

那样潇洒，那样富于

令人燃烧的大笑

从你身上找不到

一粒昨日的尘埃

然而，情更真

诗更纯，文则

脱尽铅华，素净如

白云，透明如

秋水，严谨如

落日下的孤城——

你为自己设计一个城徽：

悬崖边的一株树，一株俯览

深渊万丈，又仰望
霜天万里，经雷殛而
未倒的神木，你就是……
咦，剑风又起，是你的
剑？你又找到从你（手边）
飞走多年的剑？
——握着剑
站在悬崖边
作为百年痛苦的征服者
你不就是那株
令人惊诧
令人成熟
令人充满活力的
神木么，上面正刻着
芝麻的秘诀好为
命运之门？

## 6

经历了狂风暴雨，惊涛骇浪
而今我到达了，有时回头
遥望年轻的时候，像遥望
迷失在烟雾中的故乡
唉，真不信一生如此短暂
既然一天如彼漫长
你浑然依旧
除了几处泄密的创伤
故乡就在你心里
又何须回头遥望

可记得

在八塘路上

我们一无所有

除了那颗青色的心

我们还不满足

总想用最简便的手法

把自己打扮得

与众不同

才到处拾

荒——

而今依然

一无所有

除了还是那颗

虽然已经苍老的心

我们却够了够了

只因我们学会

抛弃，抛弃

一张张废纸

一枚枚伪币

一件件不合身的春装

连同越写越晦涩的诗

和当年穷得白手做不出一个

还得靠人施舍的

梦……

抛弃！

抛弃就是遗忘：

只有遗忘才回得了

故乡

## 7

于是你又大笑起来

又把我燃烧成

一支跟着你大笑的火把

你说：没有诗

你会匮乏

没有梦

你会孤独

何况怎么少得了

本来属于你而

你竟想抛弃的

这两项天赋

我说：不

我不怕匮乏

我不怕孤独

——只要

八塘路上的

灵魂之鸟和

它的歌还在，只要

故乡还在，只要

故乡还在我心里

亲爱的朋友

即使我一贫如洗

我仍觉富埒王侯

## 8

一天如彼漫长

一生如此短暂
故乡在哪里？
故乡在你的心里

原来不过是
两条清浅的小溪
从荒凉的山脊流出
在细窄的流程里
快乐地流着，流着又
唱着，唱着
远大的海和它
壮美的波——
不料前面是陡坡
陡坡变成绝壁
绝壁下面是深谷
于是歌声跌得粉碎
飞溅到半空
化为被透析的泪雾
又徐徐坠落而汇成
一片缄默的深邃的湖

我们终于重逢
不是在大海而是
在湖边，我们终于发现
宁静，那一阵战栗之后的
宁静，像沸腾白昼之余的
斜阳一样清醒的
宁静，最深幽也最昂贵的
宁静——正是它才使

惨淡的回忆生光，才使

漫漶的苦难移情，才使

人乐于抛弃，善于遗忘而

变得美丽，变得充足

我们不再唱

不再奔跑

不再寻找

不再讲昆虫的实用主义——

故乡就在我们的心里

我们流连忘返于湖边

湖水粼粼，隐约回响起

那支久已失落的

灵魂之鸟的歌

歌浓如酒而

人淡如菊

**原载《诗歌月刊》2007年第5期**

人
淡
如
菊

# 只能和你一起寂寞

都走不动了
站在太阳与墓地之间
遥遥相望
用电话　止痛

我们争先恐后地说
谁也听不清谁说些什么
最终猜到：
你说你有书　并不寂寞
只因为听不见我
才感到致命的寂寞

我真想号啕大哭
而我的声音
已喑哑于混沌深处
只能和你
一起寂寞

原载《诗刊》2007 年 3 月上半月刊

# 最后的回忆

雷抒雁

一片叶，怎么会
如一只蝴蝶
翩然飞进我的屋里

俯身拾起黄叶
我想起走过的树林
想起那个绿叶葱茏的雨季

是不是叶子也有记忆
记着我们的邂逅
记着我目光里莹莹的爱意

老去，枯了，并不是死亡
突然的来访，一片落叶
是树一生最后的回忆

原载《诗刊》2007 年 3 月上半月刊

# 鸟为什么歌唱

韩作荣

我不知道那只鸟藏在何处
也不知道它唱些什么
那声音离我很近
我却看不见它

游荡的声音在树叶间流过
用委婉和清脆
向谁倾诉
对于不懂鸟语的我
这声音是又一重阻隔

我只知道
只有寂静才容得下鸟的鸣啭
在临近的地方
有一只鸟，我便不再孤单

原载《诗选刊》2007 年第 8 期

# 用距离测量爱

曲有源

我们的一生
往往都是
用距离
测量
爱
从这一条街道到那一条街道
从这个小区到那个小区
从这层楼到那层楼
从这山到那山
从此岸到
彼
岸
而距离
最难以测量的
还不是从天涯到天涯
而
是
从心到心

原载《诗选刊》2007 年第 8 期

# 诗人的种群

高洪波

生活像浩瀚的大海
诗人是特殊的种群

行动迅捷　　思维灵敏
有着箭鱼般的头颅

语言丰富　　立论深沉
有着墨鱼般的底蕴

容易悲愤　　更易兴奋
像追逐猎物的海豚

有时坚硬如海龟
有时软弱赛海参

常把现实当成历史
又总怀疑历史的真实

在生活的浩瀚海洋中
诗人，的确是个特殊的种群

不管拥有什么样的外形
种群标志：飞翔的心

此刻，这个种族聚集在
哥伦比亚的山城麦德林

蔚蓝色　把这里的一切
染成沸腾的海洋和井喷

敬礼，一个特殊的种群

原载《作家》2007 年第 11 期

# 静乱者

举世败退之际
正是我被光明击中的时刻


滴落光芒的念头
早已吞没我的一生
无法抚平仓皇倾斜的人类，如面对
一层层油亮皮毛


强劲的思想，迫使我的身体
微微弯曲
我的心每一天都在撕扭，石头与水
构成了我苟且偷生的方式


总有一只手高高仰望，接落
从天而降的纷纷光辉
那光晕的斑点
那刀刃的跳动
是无数圣贤低伏的姿态
那是你们
全部如蚁的阴沉眼睛，和
无法回避的犹豫

392
中
国
最
佳
诗
歌
2007

你们
从指甲深处一站一坐的欲望光泽中
俯视我
从一串串肥胖的葡萄和
栅栏睫毛的后面
深深地忽略我
从我的伤口撕裂处爬过去，眺望
你们就眺望吧
眺望你们无休止的幸福
和旌旗隐蔽的战争

所有的手都在抓取
我的四季没有朋友

我向前跌倒的角度，包含着
全部失败者的参与
我看到，每一个角落都蠕动着
透明的嘴唇
一切都被你们的脚匆匆踩过，你们
米色的眼睛里发出腥味的直线
怎么能让你们扭过脸
你们的手既然已经伸出
怎么能让它停在中途
灵活弯曲的念头，如同荒草
已遍布大地
哪一只手能够把它梳捋，如同干净

你们，正呼啸着挺进

向不断升高的山顶
而我在倒悬中，只看到
天坑一天天加深
一群人又一群人急遽坠落

怎么能把飘落的感觉
吹入上升者的笑容
为了一个得胜的姿势，你们
已经准备了整整半生
怎么能让你们享受哭泣的快乐

在每一个瞬间
我同时爱你们恨你们
我滴落莹光的手
在每一个地方阻挡你们催促你们
封闭悠扬
我被流言一条条撕破
又被真理一天天地悬弃在天空
当你们
拿走所有的东西后
发现我灰白的脸

**原载《海拔》2007 年总第 2 期**

# 叫出你的名字

**唐晓渡**

叫出你的名字
就是召唤月亮、星辰和大地
光流尽荒漠
桑田无边涌起
一只蚕蛹咬破茧壳
我叫出你的名字

叫出你的名字
就是召唤根、鲜花和果实
麦芒刺痛天空
云烟横布心事
一叶利刃滑过咽喉
我叫出你的名字

叫出你的名字
就是召唤风、波涛和神迹
落日挽紧帆篷
群鸟飞进海市
一块石头滚下山坡
我叫出你的名字

叫出你的名字

就是召唤我自己

帷幔次第拉开

玻璃澄清墙壁

唯一的钥匙折断锁孔

我只好沉默。只好让沉默

叫出

叫出你的名字

原载《文学界》2007 年第 1 期

# 劫 后

陈 超

朋友，风大了

你可以把声音略高些

在这老县城偏西的旅店

我没想到今夜如此踏实

青砖炉膛红彤彤

老酒刚刚喝一半

剩下的时间，足够我把讲述完成

真相，应由目击者说出

直捷，寒列，荦荦大端

像深夜拨开门栓的手

用力均匀，又使谈话进入危险

两个男人亲近于审慎中不会太久

率直的话语，会使一方难堪

它简单又不可丈量

比刀锋走得更慢更坚定些

一种巨大的势能，压向过分缩小

朋友，谢谢你承认了怯懦

在火炉旁饮酒，却被我的讲述冻得哆嗦

我依然天真偏执，热爱自由的生活

现在，我已将最后的讲述完成
狂飙骤止，凝神谛听春天的心脏

原载《特区文学》2007 年第 2 期

# 比快更快的

叶延滨

比刀更快的刀是什么
不是刀却能切断一切
甚至切断流动的水

比思念更快的思念是什么
不能到达却能联通一切
甚至联通古埃及的王

比死亡更快的是什么
死亡到达的时候它主宰一切
而它主宰着死亡

比刚才更快的是什么
比快更快的又是什么
快得赛过骏马被闪电击中

所有的我知道的一切
所有的你生命的一切
都是那两个字：过去……

原载《延安文学》2007 年第 5 期

# 邻居娟娟是一个让人心疼的姑娘

梁 平

娟娟在台面上
和其他人一起从事商务活动
娟娟说自己是"台商"，说完了一笑
娟娟的笑，比哭更加难看

我见过娟娟的哭
那是娟娟最初的时候
那是她看见，背后有人在指指点点
她听见邻居的房门，发出很怪的声音

娟娟的哭穿透了土墙，让人听了心悸
我是用被子把她的哭声挡住的
她的哭像秋天的雨
在屋檐上，一挂就是好多天

过了一些日子，街巷清静了
娟娟很少和邻居照面
白天是娟娟的夜，邻居看不见
娟娟和邻居交换了时辰

娟娟的名字，开始渐渐被人遗忘

有警察来过我们的巷子

打听一个叫娟娟的人

有人知道说不知道，有人真的不知道了

后来有人见到了娟娟

娟娟回来，身后扬起风尘

后来娟娟被警察带走了

那是白天。再也没有人看见她回来

**原载《扬子江》2007 年第 5 期**

邻居娟娟是一个让人心疼的姑娘

# 雾：写给萌萌

石梅湾，这一片辽阔的海域
是我梦筑巢的地方
我，我们一群迁客骚人，不自由写作者
像离散的海鸥伸长脖子，向彼岸眺望
萌萌，十二月党人的妻子
大雾锁住了你的脸
仿佛你还没有从流放地归来

我是在江苏常熟认识你的
诗人贾冬阳从海口寄来一本《眷念的一瞥》
我从张维手中接过书，手有些抖
只是一瞥，我的眼睛便湿润了
相见恨晚！你已去了我曾试图抵达的地方……
这么好的人，怎么会死呢？
这么好的学人，怎么会死呢？
这么好的诗人，怎么会死呢？
这么好的女人，怎么会死呢？
这世界，该死的人尚知有滋有味地活着
该活着的人，却走进了命运的劫数
日前，一个东北人打死一只东北虎
只判了三年徒刑，这只虎死得冤屈啊

天国里遇到这只虎，请代我抚摸它，向它问候……
萌萌，白雾在升腾，白云在下垂
你的文字和诗歌，你灵魂里的光芒
是一盏吹不灭的灯，请允许我
搜集起所有的草籽寄给你
请你亲手把它们点种在泥土之下，波浪之中，白云之上
它们将是我碗里的稻穗、盐、泪水和花朵……

我，一个迟来者，陌生人
一个写作着的不自由写作者
在石梅湾想念你
我的脚印在我的身后
我的大海在我的前方
我的诗在我的怀里揣着
我的泪水在我的眼睛里打转

原载《石梅湾》2007 年 5 月第 1 辑

雾：写给萌萌

# 又想到了站台

郁　葱

总觉得这里有浅浅的秘密，
橙色的，淡蓝的，粉色的，
总觉得这里的感觉与生俱来，
总觉得这里和肉体有关。

总觉得太匆忙，太行为，
内心太乱，太不优雅，
太伤感，太紧。

我试着在站台上，
握紧一个虚构女人的手，
我试着听见好多人说话，
我忽略一些眼睛，
我试着套紧外衣，
我试着放任魅力和欲念。

原载《鸭绿江》2007 年第 4 期

# 逢遇骆驼

薛卫民

骆驼高昂它的头
目不斜视地走过注视者

那种与生俱来的傲慢
在高原上
使我肃然起敬地看见了
沉默

我无法不停下来目送它远去
它背上的双峰
渐行渐远
这时我记忆中的山
都凝成了两座

我一次又一次地试图张开嘴
表达那种
令我压抑的巍峨
却一次又一次地无话可说

掂一掂肩头上的水囊
哗哗的水声

将走过的遥途一泻千里
而我知道
我真实的感觉
并不是口渴

原载《鸭绿江》2007 年第 1 期

# 仲 夏

李少君

仲夏，平静的林子里暗藏着不平静
树下呈现了一幕蜘蛛的日常生活情节

先是一长串蛛丝从树上自然垂落
悬挂在绿叶和青草丛中
蜘蛛吊在上面，享受着这在风中悠闲摇晃的自在
聆听从左边跳到右边的鸟啼

临近正午，蜘蛛可能饿了，开始结网
很快地，一张蛛网织在了树枝之间
蜘蛛趴伏一角，静候猎物出现
惊心动魄的捕杀往往在瞬间完成
漫不经心误撞入网的小飞虫
一秒钟前还是自由潇洒的飞行员呢
就这样不明不白地成了蜘蛛的美味午餐

前者不费心机
后者费尽心机
但皆成自然

原载《文学界》2007 年第 10 期

# 本城最后一场雨

张洪波

最后一场雨遍布全城的时候
冬天的信息就该传来了
全体街道洗刷一新
等待雪的来临

有些角落是雪覆盖不到的地方
所以就没有在意是否也洗刷一下
这种态度似乎不太好

我在街角处把一张旧报纸捡起
就是我朋友主编的那张报纸
我把这张报纸仔细叠好
表示对我朋友劳动成果的尊重

然后把它丢进垃圾箱
表示对读报人的一点不满
报纸上明明写着这是本城的最后一场雨
接下来就是雪的消息了

雨越下越大
几乎没有停止的意思

满城都是可笑的伞

仿佛这座城市没有别的能耐了

全城都在防守

无奈的防守

一只被打湿了羽毛的麻雀

蹲在楼顶看什么呢

这小家伙挺英雄气的

它没有雨伞

它把喙在砖石上打磨了几下

几滴雨水就迅速闪到一边去了


雨下得最猛烈的时候

我朋友办的那张旧报纸

从垃圾箱里浮起

并缓缓地飘下来

一个大标题在雨水中停住

仍然很醒目——

今年最后一场雨将不同于往年


**原载《诗刊》2007 年 4 月下半月刊**

本城最后一场雨

# 和 解

子 川

一定有一枚棋子不能被移动。
终局才发现，
黑黑白白的棋子，
都被太阳和月亮收拾起来。
一枚没有颜色的棋子，
收不进时间这盒子。
甚至也不属于胜负的哪一方。
与山水对弈：
山骗过我们没有？
水一定也不会骗我们。
只有时间曾不止一次欺骗人。
春去秋来，花开花落，
有点像佛祖的拈花说法。
和解吧，一切与胜负有关的内容！

原载《中国诗人》2007 年第 2 卷

# 关于火车的一次想象

于耀江

雨中的火车　叙述而来

比雨水的抵达还慢　两条洗亮的铁轨

在等待中摩擦　延伸

然后冷却　我正走在自己的途中

和这趟火车正在途中行走一样

我们都无法停下来　就像曾经谈过的爱情

几年前就在这条沿线错过了

由此　我登不上这趟火车

或我们的目的和方向正好相反

一个瞬间　只能看到车厢内部的脸一闪而过

远远把我暴露在外面　还有

通过内心震颤的涵洞和桥梁

其实　这是我走出城市

来到郊外的一次想象　实际的天空

没有一片云多出来　铁轨

也被荒草覆盖　只是我不想告诉你

它现在废弃的样子

原载《大东北文化》2007 年 10 月

# 旧房子

姜诗元

空屋无窗
电风扇径自摇摆多时
风，在这阴湿的季节
凄凄冷冷
颤栗从头浇到脚

酒杯干涸
四周是水渍的印痕
不知纪年的时刻
盛宴的残局依旧
为谁摆阔

为谁？
霉菌如草一样疯长
随同呼吸的微风柔软起伏

倏然，墙上有招引的手势
指向你的眼睛——
不要回头
背后有白色身影闪过

让要来的都来吧

你无从等待

你听到无数残缺的足音

踏过荒原

穿过黑暗

向你走来，把你淹没

**原载《诗歌月刊》2007 年第 9 期**

# 火　神

吉狄马加

自由在火光中舞蹈。信仰在火光中跳跃
死亡埋伏着黑暗，深渊睡在身旁
透过洪荒的底片，火是猎手的衣裳
抛弃寒冷那个素雅的女性，每一句
咒语。都像光那样自豪，罪恶在开花
颤栗的是土地，高举着变了形的太阳
把警告和死亡，送到苦难生灵的梦魂里
让恐慌飞跑，要万物在静谧中吉祥
猛兽和凶神，在炽热的空间是消亡
用桃形的心打开白昼，黎明就要难产
一切开始。不是鸡叫那一声，是我睁眼
那一刹

**原载《诗家园》2007 年第 1 期**

# 从我身边流过的河

鲁若迪基

从我身边流过的河

还没有名字

它流过的草地

绿草茵茵

流过的村庄

炊烟袅袅

它流去将不再回来

然而，现在它从我身边

悄悄带走

我的青春和爱情

石头一样留下我

在小凉山的风里

原载《芳草》2007年第3期

# 切　开

娜　夜

她切开了一只蜜柚
她允许可吃的部分不多　允许小和空
为消磨时间的吃
只是一个动作

时间还早
刀也还锋利

她又切开苹果　橘子　木瓜　南洋梨
这些有核带籽的果实多么值得信赖
她用蜜蜂的嗓音
用泥土和汗水和草帽的嗓音
和它们说话……
她恍然于自己把美好情感寄托于童话的能力

她好像打了一个盹

突然　她指着窗前的月亮：
你——都看见了

如果我在这里坚守了道德

那是因为我所受到的诱惑还不够大！

**原载《人民文学》2007 年 3 月诗特大号**

切

开

# 冷水沟

艾傈木诺

人间失窃的河流
倦伏青山
我请求一个虚无的词
带我走

扯一朵云彩打探
深藏秘密
患疾的冷水沟很瘦
溃疡在堤上却疼了我心口

原载《诗歌月刊》2007 年第 9 期

# 拉萨之夜

唯　色

噢拉萨！虚幻的夜晚
个别的莲花从未开放
个别的酒杯容易破碎
个别的人啊，谁赋予的
气质，将流动的盛宴
当做自我放逐的乐园
那看不见的汹涌的泪水
只为一个留不住的亲人

噢拉萨！伤怀的夜晚
个别的蓝鸟从未啼叫
个别的衣裳沾满尘土
个别的人啊，谁散布的
疾病，将飞逝的时光
当做自我表现沉沦的深渊
那数不清的妖艳的幻影
也难以唤回转世的亲人！

噢拉萨！稀有的夜晚
个别的爱情从未降临
个别的血统逐渐混杂

个别的人啊，一道怎样的
闪电，将弥漫的前定
当做彼此聚拢的契机
在那没完没了的轮回中
但愿你是我永远的亲人！

原载《诗家园》2007 年第 1 期

# 内心是空的

阿卓务林

房子是空的
除了一个旧了多年的杯子
杯子是空的
除了几片因过夜而萎缩的茶叶
茶叶上过分夸张的齿痕

内心是空的
除了一双呆了多时的眼睛
眼睛是空的
除了眼珠子里往事模糊的凝视
凝视里已经化脓的创伤

一个善于思考的男人啊
此刻毫无表情地干坐着
他真是没有什么想法了

原载《诗选刊》2007 年第 3 期

# 最好是这样

林　虹

彼此相望

会心一笑

就能知道今生要不要一起走

那样会省去很多错误

最好的时光

一点遗憾也没有


我们有一块小小的菜地

从院子里走出

鸟儿飞起又落下

它们总是这么淘气

向日葵开花了

它是你的我的秘密

南瓜虫停在你的发上

又停在我的肩上

一路嬉戏


今天

我们要把南瓜花摘回去

放在餐桌的玻璃杯里

或者把它做成酿

水豆腐　肉沫　香菇　葱
一室飘香
再加去年做的木瓜酱
黄昏已至
山楂酒一两杯
不要太多
只要你在就好

如果不得不分开
你总是途中最温暖的回忆
低头浅笑
恨时光漫长
想象任何景物是你
掠影而过的树
拂过面颊的风
有些时候
我们是彼此

**原载《诗刊》2007 年 8 月下半月刊**

最好是这样

# 西藏十四行

贺　中

群山也不能使我沉默
我的歌声也不再是怀中的爱情
梦想和光荣啊
你们是劳动中的花朵
我喉结上飘扬的虹彩
那么多的感动
通过了谁的躯体
那么多的神经
受了谁生机勃勃的冲击
谷地的风啊，绛红的光芒
领导我们盎然的灵魂

山上的神，我听到言语了
居留的家园怎么出现在背影的色斑
怎么这样使人胃部疼痛

**原载《九龙诗刊》2007 年春卷**

# 香气之宴：我等的车就要开了

### 梅 卓

你的脸庞仍然那么明晰

就像梦的深处

那缕带着香气却朝终极行走的记忆

可我等的车就要开了

我发现等待我们的床

正有另一人酣睡不起

紧紧攥住车票

攥住命运里虚妄的爱情

夜里的电话　辗转而来的问候

和常常到达的梦境

谁能说这仅仅是酒后的真言

是一个老套的故事

春天的幻觉　那么匆忙

飞进云空　飞进醒来的早晨

痛楚是一点一点来的

曾握着车票的指甲

嵌进肉体　突然就看见

那蓝天具有的质地

是那么明晰　就像你的脸庞

我等的车就要开了
可猎猎而起的命运之风
却毁掉了似是而非的前途

**原载《诗家园》2007 年第 1 期**

# 在我等你的那个正午

冉　冉

在我等你的那个正午
我坐在坡顶
山脚是凝定的小河
身后是无声疾驰的火车
我眺望着河岸乌黑的瓦房
眺望着屋檐下那一排排
闪亮的大坛子

风还没有变软
春天还早
对鼓凸的和即将装满的
我都会心一笑
那些盛装的人　抿着嘴唇
出门的人都像我们一样
携带着秘密

虚空在哪里
因为等你
四处都爆响着静
我默默地盯着那些坛子
默默地啜饮

一旦吸尽坛里的液汁
我就会像火车一样愉快地滑行

原载《诗选刊》2007 年第 6 期

# 下　午

鲁　娟

下午阳光正好，喝到了
乡下亲戚带来的野蜂蜜
某一瞬舌头接住久远的甘甜
感觉一万朵花在头顶盛开
正如那时他正念叨着
那些长长的数不清的族谱

原载《星星》2007 年第 6 期

# 雪的忧郁

孙　谦

雪落着，一阵隐隐的激动
使天空微微摇荡
雪落在脸上，清凉而温润
有如瓷和羽毛的低语
雪在它自己的颤抖里
渐渐地化为寂静

雪的教义源于经籍
那里是太阳与月亮之间的
灵魂之路。此刻的雪
在上升和飘坠的事物之间
在圣洁和放荡的事物之间
沉默着，为尘世奠基

雪，凝结着光阴碎片的雪
希望被我记下来
它曾与一串葡萄和一只苹果
一朵玫瑰和一片橄榄树叶的
颜色揉在了一起
与土地，和与土地一样颜色的手
与稻麦揉在了一起，然而

这时的雪是忧郁的
它看到，我在一些旧手稿里
在白纸黑字里寻觅
那永远找不到的东西
就像雪的经历被我随身携带
却从来无法辨识

原载《中国诗人》2007 年第 3 卷

# 关　系

吉木狼格

只有在山里的夜晚

你才能感到

什么东西在慢慢逼近

什么东西又在慢慢远去

一些声音毫无由来地响起

又毫无由来地消失

如果你睡着了

你就是它的一部分

如果你醒着

并且在听和想

你就注定要和它作对

哪怕你很小，它很大

原载《今天》2007 年秋季号

# 一　天

王志国

往一条河里扔一块石头
一朵水花溅起层层波纹
再往下一条河里扔一块石头
又一朵水花溅起波浪
……
我们总是这样重复着相同的动作
仿佛一天，被我们随手扔掉
而生活，不动声色

**原载《天涯》2007 年第 4 期**

# 元月九日凌晨三点

### 嘎代才让

我似乎没有睡意了。但我无从知道
曾经梦见的一位喇嘛，或者他常去的甜茶馆
是的，他给我经书的时候，梦已经醒了
两个相恋的人，总是在此刻见面
溪流在一旁暗暗哭泣，不时听见魔鬼的吟唱
他们互相注视，在黑夜之外徘徊
成为一种永远完美的山脉。如今，我在群山之侧
无法翻越它的高度。偶尔洁白的月亮出现
我低下头，固守自己的来生。苦命也。

原载《特区文学》2007 年第 2 期

# 先于某一年春天的泡桐花

**娜仁琪琪格**

说到邂逅　我们各自站在
时光的背面　而且
永远不会翻版　菩提
是多么有意味的一个词啊
菩提　在我们的生命中出现过
我们的邂逅　先于我们而生
先于某一年春天的泡桐花
那紫色的妖娆　妩媚了整个春天
而我并不知道　生命从那一瞬之始的
憔悴与消殒　就像我不知道
在那一刻你看到了我　我也看到了你
——这就是我的劫数

我们的根　先于我们的爱
相识就是为了完成　永生的折磨
——"爱情太短，而遗忘太长"

原载《诗刊》2007 年 9 月上半月刊

# 那些落叶

那些落叶，混乱、慵懒、寂静
像无法归家的小孩
像时间迟缓而犹豫的叮咛
它们在季节中躲闪，偏离原来的支点
抑或是被最初的树枝
所抛弃，在偶然的风中穿行
某个时刻（也许无意）
它们穿上了火焰的衣裳，灿烂、幽雅
宛若宿命的想象与歌吟
盲目的狂欢如此短暂
绚丽的舞蹈戛然而止，只留下
隐晦的苦痛和一地冰冷的灰烬
也许，人的视线没有触及之处
遍布事物空洞或秘密的属性
瞬时的呈现，令人触目惊心

原载《诗刊》2007年4月上半月刊

# 秋祭杜甫

余光中

乱山丛中只一线盘旋
历仄穿险送你来成都
潼关不守，用剑阁挡住
蜀道之难，纵李白不说
你的麻鞋怎么会不知

好沉重啊，你的行囊
其实什么也没带
除了秦中百姓的号哭
安禄山踏碎的山河
你要用格律来修补

家书无影，弟妹失踪
饮中八仙都惊醒成难民
浣花溪不是曲江
却静静地绕你而流
更呢喃燕子，回翔白鸥

七律森森与古柏争高

把武侯祠仰望成汉阙
万世香火供一表忠贞
你的一炷至今未冷
如此丞相才不愧如此诗人

草堂简陋，茅屋飘摇
却可供乱世歇脚
你的征程更远在云梦
滚滚大江在三峡待你
屈原在召你，去湘江

一道江峡你晚年独栖
雉堞逶迤拥你在白帝
俯听涛声过峡如光阴
猿声，砧声，更角声
与乡心隐隐地呼应

夔州之后漂泊得更远
任孤舟载着老病
晚年我却拥一道海峡
诗先，人后，都有幸渡海
望乡而终于能回家

比你，我晚了一千多年
比你，却老了整整廿岁
请示我神谕吧，诗圣

在你无所不化的洪炉里

我怎能炼一丸新丹

原载《文学界》2007 年第 4 期

# 夜宿寒山寺

洛　夫

晚钟敲过了

月亮落在

枫桥荒凉的梦里

我把船泊在

唐诗中那个烟雨朦胧的埠头

夜半了

我在寺钟懒散的回声中

上了床，怀中

抱着一块石头呼呼入睡

石头里藏有一把火

鼾声中冒出烧烤的焦味

当时我实在难以理解

抱着一块石头又如何完成涅槃的程序

色与空

不是选择题又是什么

于是翻过身子

开始想一些悲苦的事

石头以外的事

清晨，和尚在打扫院子

木鱼夺夺声里

石头渐渐熔化

我抹去一脸的泪水

天，就这么亮了

原载《星星》2007 年第 3 期

# 哲学的安慰

倪湛舸

我现在什么都不怕，包括妥协，
真的。低头走路，能不说话就不说；
奉承每一个轻视我的人，
热心地回应每一份凉薄。

如果偶遇善良，一定要全身心地投入
这无底深坑，为了尽快得救，
更为了省却更多麻烦。

你知道我的意思，虽然，我不知道你
在哪里。没有消息，
也很少想起，更不必借机
把这首诗献给你。

好些年过去了，你成了一种仪式，
被我执行，被我终止，被我
用来自得其乐。你曾经哭得那么凶，
咬着我的名字像狗啃骨头——

但更多事已经发生，
把某个东西越埋越深。当然，

它自己早就烂得差不多了。
也许我该说"分解",
更科学、更客观、更有距离感。
(还记得这种句式吗?
——更健康、更快乐、更有制造力——
那时,我们对生活都怕得要死。)

我现在什么都不怕,
连你都不怕。甚至无比衷心地想要你幸福。当然,
我也会好好的:头顶星空,胸怀道德律。

原载《诗林》2007 年第 3 期

# 两种爱

**黄灿然**

我听到两种爱的呼声。

一种是在闹市里，人群中，
每当我看到一个表情、一个动作、一个姿态，
我就听到爱的呼声：婴儿在恳求母亲的爱，
女人在恳求丈夫的爱，男孩在对女孩说
给我你的爱，我也会给你同样的爱，
小狗在向主人乞讨爱，
老人在向年轻人说给我一点点关怀，
一点点就够，像我的饮食这么少这么淡，
广告里模特儿在渴望着爱、真爱——
我听见他们说："我需要爱。"

另一种是在郊野，在山上，
每当我看见一个表情、一个动作、一个姿态，
我就听到爱的呼声：那是当人们在树荫里，
在阳光下，在泉水边，在微风中，
当他们看见日出日落，鹰在上空盘旋，
当他们出汗、擦汗、脱外衣、脱袜子，
彼此打招呼，面对绿山坡吐气，
站在峰顶俯视城市里的高楼群，

眺望渔船出没于波光粼粼的大海——

我听到他们说："我爱。"

**原载《天涯》2007 年第 4 期**

# 今生来世

### 姚 风

人生，谈起来多么漫长
就像路越走越远
今生已经足够
而你滔滔不绝，还说起了来世
直到暮色四合
直到饥饿来临，而这
是多少苦难的根源
我饥肠辘辘，打断你的话
问：今晚我们吃什么

原载《诗选刊》2007 年第 9 期

# 芝加哥的雨晨

施　玮

灰色中隐约的建筑，高傲，清冷
好像穿着风衣的女人
三十多岁。时尚
淡淡的眼眉，未着色彩

珠灰的光泽，在紧抿的唇上闪烁
垂悬的风衣，坚硬如铁的质感
却在下一瞬——流露恍惚
仿佛，不过是努力凝聚的雾

窗玻璃上，一串串泪，散开
大大小小的珠。有的
并不圆。望着我，略显忧郁
天更暗了。水墨的树
静静地，等着没顶——

汽车们，在路上，滑动。却似
定格在，各种散落的片断中
凌冽的寒意从地下升起

把城市冻在水面上，一只

无需启程，与抵达的船

成为旅人的海市蜃楼

原载《诗家园》2007 年第 3 期

# 东方的诱惑

李　笠

月亮端着我的童年上升

但我平静——月亮下面
无非是切割月光的摩天楼，挤在地铁里的手脚

摩天楼里
画砖头气球的艺术家

并不存在

地铁里
突然睁开眼睛的瞌睡

并不存在

茅台——被太阳统一成独醉的
长城上星星的变奏

并不存在

用五斗米稿费

把陶渊明化成色情小说的杂志

并不存在
霓虹灯下
把芬芳典当给寒夜的花朵

并不存在

母亲的墓，故宫，江南的
柳条卡拉 OK 把黄金摸成皇帝的群妃

并不存在

它们已挽着李白的月亮
返回了唐朝

但我走得更远
我回到了晋朝——在北欧的乡村

种着菊花，数着心跳

原载《作家》2007 年第 10 期

# 荚克兰大

罗　琳

荚克兰大
一种紫色小花
只要春天来临
就开满干燥的纳米比亚
先开紫色的花
再长绿色的叶
情不自禁
想起上海的玉兰花

当纳米比亚的天空
映满美丽的紫色
我总会在树下莫名地流泪
白人医生的药费很贵诊费更贵
我只好继续流泪
慢慢发现很多中国人都这样
渐渐明白滴雨不见的春天
开出如此
动人的花是因为浇灌着
异乡人的眼泪

春天过去的时候

听援非的中国医疗队说
有一种眼病叫枯草热
因为荚克兰大而过敏
第二年春天
会更厉害地流泪

带一颗荚克兰大的种子
我逃回上海
在亚洲大陆的春天
单单的只种出非洲的一滴心泪
于是我依然流泪
因为荚克兰大

原载《文学报》2007 年 10 月 26 日

# 思　念

林玉凤

我抬眼
在皇朝那一家酒吧
你就在对岸堤边的树梢
任风吹动如
不落的微笑
我的心凝住了
树影不落
询问的目光灼灼
我无言以对
只好把笑容摘下
装扮成高脚杯上的樱桃
混合酒精一口吞下
希望从此把你忘掉

归家的路上有雨
你落在挡风玻璃上
映照我一水帘的牵挂
水帘太重
前路开向泥足深陷
为了归家
汽车的水拨只好

狠狠地

把你赶成一阵瀑布

奔腾在我眼底以外的世界

告诫我

从此要把你忘掉


家门要打开了

你却镶成

钥匙的一圈图腾

取笑我爱躲藏的性子

我急急把门打开

想要逃进

那个不需要你笑意的世界


可是，你还是在那里

餐桌旁低首的背影

厨房里，水声溅起了

你揉洗碟子的手背

你的围巾好像要滑下了

我捡拾到的

却是你

响在身后的足音

我一回头

温热的酒

来回在黄灯之下

联系着你我

举杯的手碰杯的手

厅间的灯刚暗下来

你把腿一放

陷在沙发里
就酣睡如在梦中
我把书打开
书页间翻动的
是你阅读时
一双深思的眉毛
拥抱对方的渴望
启动电脑
屏幕掩映成
那个无月夜里
露台烛影明灭的
一记注视

原来，张开眼睛
我的世界里
只活着你

为了把你忘掉
我只好
合上眼睛
从此告别世界
躲进没有光线
没有颜色的梦境

可是
梦中的你
在银河最深的角落
撩拨黑暗一如撩动音符
歌声轻摸宇宙

唤醒早该沉睡的星群

繁星抖去眼下微尘的一刹

宇宙重光

颜色飞舞追逐

你含笑的脸容

在星光之中


原来

思念是个最甜蜜的魅影

提醒世人

要远离挥之不去

最好

远离爱情

原载《中西诗歌》2007 年第 2 期

# 那回响

陈昌敏

走在秋的落叶的街道上

听见那回响

那回响是属于寥廓的

广场和原野

我爱它

像来自一口清脆而洪亮的钟

灿烂而永不忘怀的节日里

一个锦绣的球

一枚因成熟而陨落的果

我是听得这么立体啊

连西风也被凿成

一尊雕像

原载《中西诗歌》2007 年第 3 期